目次

映画化決定

友井　羊

集英社文庫

映画化決定

ハルは小高い山の中腹にある霊園で眠っている。空はよく晴れていて、規則的に並んだ墓石が陽《ひ》の光に照らされていた。

ハルならこの景色をどう切り取るだろう。明瞭な画面にすれば墓地でも前向きな雰囲気を出せるし、工夫次第でおどろおどろしいホラー映像にもできる。ハルと出会って以来ずっと、こんなことばかり考えてしまう。

墓の前に立ち、仏花を供えて手を合わせる。線香に火をつけると細い煙が立ち上った。屈《かが》んで香炉皿に線香を置くと、酷使している腰が鈍く痛んだ。

バッグから一冊の本を取り出して墓前に置く。新刊を出すと必ずここに来て、そのたび恥ずかしくなる。ぼくのマンガは今でもハルの映画のレベルに達していない。

そしてぼくは、ハルが原作を改変して映画化した理由に思いを馳《は》せる。それから強烈に、マンガを描きたくなる。次こそはハルに胸を張れる作品にしようと決意を新たにするのだ。

「また来るよ」

顔を上げると墓石の先に林が見えた。その遥《はる》か向こうに山々が望め、青空には白い雲が浮かんでいる。

ぼくが訪れることをハルはきっと嫌がっている。もし話ができたなら、二度と来るなと叱られるはずだ。でもぼくは絶対に言うことを聞かないだろう。

なぜならぼくは今でも情けないくらいに子供のままだし、何よりハルは、どうしようもないくらいの大嘘《うそ》つきなのだから。

第一章　未知との遭遇

1

二年一組の教室のドアを開けると、窓際に女子生徒がたたずんでいた。五月の西日に照らされた室内に黒色のシルエットが浮かび上がる。放課後の教室はほかに誰もいない。ぼくはとっさにこの光景をマンガの一コマにしたいと思った。

女子生徒がこちらを向いた。シルエットの正体はクラスメイトの木﨑《きざき》ハルで、ショートカットの黒髪が艶《つや》やかに日の光を反射する。ぼくの席の近くに立っていて、一冊のノートを開いていた。

「このマンガ、ナオトくんが描いたの？」

ハルの力強い声が教室に響く。

「何をしてるんだ」

まさかぼくのノートなのだろうか。血の気が引き、慌ててハルに近寄る。ハルが濃い茶色の瞳を輝かせ、ぼくを真《ま》っ直《す》ぐ見つめる。

「返せ」

近づいてわかった。やはりぼくのノートだ。取り戻そうと手を伸ばすけれど、ハルが腕を引いたせいで空振りになる。

「やっぱりそうなんだね。ようやく見つけたよ」

ハルが満面の笑みを浮かべる。きりっとした太い眉は意志の強さを感じさせた。背丈は一六〇センチくらいで、クラスでも真ん中ぐらいのはずだ。それなのに背筋を伸ばして胸を張る姿は、とても大きく見えた。

「きみのマンガ、映画化決定ね！」

意味がすぐに理解できない。

「……何を言ってるんだ」

「そのままの意味だよ。これに描かれているマンガを映画にするの」

「映画部で作るってことか？」

「そうだよ。わたしが撮る。机の近くに落ちてたんだけど、中身がマンガだったから気になって読んでみたんだ。そうしたら冒頭から引き込まれて、最後まで一気に読み終えちゃった！」

ハルが一歩近づき、ぼくは思わず後退《あとずさ》る。遠くから吹奏楽部の音合わせが響く。管楽器の低音に合わせ、いくつもの音が重なり合う。

「冗談はやめてくれ」

「本気だよ。このマンガを原作にして、わたしに映画を撮らせてほしいんだ」

ハルがノートを開き、ぼくの眼前に突きつけた。シャープペンシルで描かれたネームという段階だ。コマ割りや人物配置、台詞《せりふ》などが入っているのでストーリーは理解できる。

「早く返せ」

引ったくるようにして今度こそ奪い返すと、ノートがばさっと音を立てた。背中を向けてカバンに押し込む。駆け出して教室を出ると、ハルが呼びかけてきた。

「ちょっと待って。ねえ、考え直してよ！」

無視して廊下を走った。下校中の生徒を縫うようにして急ぎ、正面玄関に到着する。どうしてこんなことになってしまったのだろう。帰り際、ぼくは机に仕舞っていたノートをカバンに入れようとしていた。そこで担任に声をかけられ、十五分ほど荷物運びを手伝わされた。そのとき誤って落としてしまったらしい。

一ページ目は扉絵になっている。そこにぼくの昔の苗字《みょうじ》と、下の名前をカタカナにしたペンネームが書いてあった。だからぼくの作品だとわかったのだろう。

靴を履き替えて、校舎の外に出る。ゴールデンウィーク明けだがすでに蒸し暑く、行き交う生徒たちの大半はブレザーを脱いでいた。一度振り返るけれど、ハルは追いかけてきていないようだ。

古くも新しくもない平凡な校舎が視界に入る。偏差値もほどほどで、特に荒れてもいない。昔は文化部の活動が盛んだったと聞くけれど、現在は取り立てて特色もない。まるで中肉中背の普通体型、成績も平凡なぼくみたいだ。

そんな平和な我が校が昨年の初夏、にわかに騒がしくなった。映画部の作品が、学生を対象にした自主制作映画のコンクールでグランプリを獲得したのだ。そしてその映画の監督を務めたのが、入学したばかりの一年生の女子、木崎ハルだった。

ハルはその後も様々なコンクールに出品し、各所で受賞していた。映画監督としては下の名前をカタカナにした名義で活動している。

そして秋の終わり頃に社会人も対象にした映画賞で入選を果たした結果、地元テレビ局のカメラが取材に訪れた。ぼくはテレビカメラが校舎を撮影する様子を、教室の窓から他人事《ひとごと》としてながめていた。

校門前に到着し、スマートフォンをいじる同級生の堀井杏奈《ほりいあんな》に声をかけた。

「わるい。待たせた」

「遅かったね」

「ああ、大変な目にあったよ」

杏奈がスマホをバッグにしまう。肩まである髪が夕暮れの光を受けて茶色に透けた。頑強に光を反射させていたハルの髪とは質感が全く違っている。

「何かあった？」

並んで歩き出すと、杏奈が興味深そうに聞いてきた。

「木崎ハルにぼくの作品を読まれたんだ。そしたら映画化したいって言われてさ」

「すごいじゃん！」

杏奈が大きな目を丸くする。大げさな振る舞いは小学校時代から変わらない。他校の男子がすれ違いざまに杏奈に視線を向けた。顔立ちが整っていて、なおかつ手足が長くスタイルが良いため人目を惹《ひ》くのだ。

杏奈とは自宅が近く、父親同士が以前同じ会社に勤めていたこともあって幼い頃からよく遊んでいた。ぼくの父が家を出た後も、小中高と同じため腐れ縁が続いている。

「あいつの映画を観《み》たことあるのか？」

ぼくは一度もない。文化祭や映画部主催の上映会は混雑していたし、そもそも映画への興味が薄かった。杏奈は去年、ハルと同じクラスだったはずだ。

「私はあるよ。動画サイトで限定公開してるんだけど、友達からＵＲＬを教えてもらったんだ。どれもプロが撮った映画みたいに面白かったな」

これから歩いて向かう先は自宅近くのスーパーマーケットだ。杏奈の母親は現在、良性の腫瘍除去のため入院していた。そこで一人娘である杏奈が家事を担っているのだが、母子家庭で炊事洗濯が得意なぼくが手伝うことになったのだ。

「それでナオトは何て返事をしたの？」

「相手にしなかった」

「えー。断るなんてもったいない」

杏奈は不服そうに口を尖《とが》らせた。

「どうせあっちも本気じゃないよ。それより、この前渡した新作はどうだった？」

歩行者用信号が点滅し、ぼくたちは立ち止まる。

「今回も面白かったよ。絵はうまいし、お話も楽しかった。新人賞に応募しているんだよね。今度こそデビューが決まるんじゃないかな」

杏奈が満面の笑みを浮かべ、内心で安堵《あんど》する。ぼくがマンガを描いていることを知っているのは杏奈だけで、最新作の感想も毎回お願いしていた。

信号が青に変わり、ぼくたちは歩き出す。

「楽しんでもらえてよかった。今回は自信があるんだ」

「きっといい結果になるよ」

作品を褒められるのはいつだって嬉《うれ》しい。それから杏奈は作品の良かった点や、わかりにくかった部分も挙げてくれる。意見をくれる相手が身近にいるのは幸運なことだ。

ぼくは貴重なアドバイスを心に刻みつけた。

スーパーに到着し、自動ドアを通過する。杏奈は掲示板に貼られたチラシを眺めながら聞いてきた。

「そういえばハルちゃんはどのマンガを読んだの？」

ぼくは買い物カゴに手を伸ばし、ショッピングカートに載せた。

「それは教えない」

「何でよー」

杏奈が不満そうな声を上げる。ハルに勝手に読まれた作品は『春に君を想《おも》う』というタイトルだ。だけどそのマンガの存在を杏奈は知らない。

店内にはゆったりとしたクラシック音楽がかかっていた。有名な曲のはずだけど、題名も作曲者も全く知らない。たくさんの蛍光灯が、全ての影をなくそうとするみたいに野菜の陳列棚を明るく照らしていた。


ぼくと母の住まいは、三階建ての小さなマンションの一階にある2ＬＤＫだ。会社勤めをする母は毎日、夜八時過ぎに帰宅する。六時頃に一人で夕飯を手早く済ませ、自分の部屋に入った。

部屋の壁際は天井まで届く本棚が置かれ、マンガで埋め尽くされている。本棚もマンガも父さんの持ち物で、その影響でぼくもマンガが好きになった。

コレクションは人気の少年マンガから青年マンガ、少女マンガやマイナーなサブカル系まで幅広く揃《そろ》えてある。棚板にはジャンル名の書かれたマスキングテープが貼られ、作品の内容によって並び分けられている。

でも父さんはぼくが小学六年のときに、大事にしていたマンガを置いて家を出た。

開け放った窓から、涼しい風が入り込む。

鈴木翁二《すずきおうじ》の『オートバイ少女』を取り出す。父さんが特に好きだった作品で、サブカルの代名詞といえるマンガ雑誌『ガロ』で活躍していた作者の代表作だ。

冒頭から読み進め、すぐに作品世界にのめり込む。物語に流れる独特の世界が好きだった。心に突き刺さる絵の力と叙情的な台詞は、現在のマンガにはない奇妙な魅力がある。表題作を読み終え、余韻に浸りながら本を閉じた。

「さて、新作に取りかかるか」

机に向かい、大学ノートを開く。蛍光灯のスイッチを入れると手元を白い光が照らした。原稿用紙には鉛筆での下描きを終わらせてあった。

下描きに添ってペン入れを進める。ペン軸にGペンと呼ばれるペン先を押し込み、インクをつけてから描線を生み出していく。強弱が付けやすく、筆圧や指先のコントロールによって作家の個性が反映されるのだ。硬質で細い線が引ける丸ペンや、均質な線が引けるミリペンなども描く対象に合わせて使い分ける。

最近はデジタル機器でマンガを描く人が増えている。だけど値段が高くて買い揃えることができないし、IT関連は苦手なので自然と避けていた。何より手描きのペン入れの感触が好きだった。

ただ、集中線やスピード線などの演出や、スクリーントーンなどはデジタルを使いたい気持ちもある。

スクリーントーンはドットや模様などが印刷された透明なシートで、白黒のマンガ原稿に色彩や陰影などの効果を表現できる。カッターで切ってから原稿に貼りつけて使うのだけれど、消耗品なので費用がかかってしまう。そこでぼくはなるべく使わない方法を選び、斜線や点描を駆使していた。

ぼくは物心がついた時点ですでに、チラシの裏にコマ割りや台詞の吹き出しのついたオリジナルのマンガを描いていた。マンガを読んだ父さんは喜んでくれた。たくさん褒めて、それと同じくらい駄目出しもしてくれた。

父さんの助言が楽しくて、ぼくはマンガを描き続けた。技術が上達していくのが自分でもわかった。描けば描くほど面白くなることが嬉しくて、マンガ制作にのめり込んでいった。

そして小学六年のとき、一番の傑作を思いついた。ある日突然、神様から授けられたみたいにアイデアが浮かんだのだ。逸《はや》る気持ちを抑えながらネームを完成させる。それが『春に君を想う』だった。

ネームを父さんに見せたいと思った。きっと仰天するに違いない。反応を想像するだけでわくわくが止まらなかった。だけど、父さんが『春に君を想う』を読むことはなかった。ぼくが描き上げた日に、我が家から姿を消したのだ。

前から両親の関係がぎくしゃくしていることは知っていた。だけどまさか離婚にまで発展するとは思っていなかった。

父さんは二度と家に戻らなかった。何週間も前に会社を辞めていたことは、自分の父親から聞いたという杏奈に教えられた。

小学六年の途中で、ぼくの苗字は久瀬《くぜ》から佐藤《さとう》になった。

専業主婦だった母は、父がいなくなる前に祖父の伝手《つて》で就職していた。おかげで生活には困っていない。同じ町内で引っ越しをしたため転校することもなかった。

離婚を巡るごたごたが済んだ後、再びマンガを描こうとした。

それまではノートを開くだけで物語が溢《あふ》れてきた。だけど不思議なことに、新しいアイデアは全く思い浮かばなくなった。

戸惑いつつ、無理やり物語をひねり出した。何度もつまずきながら、最後までネームを描き上げる。だけど苦心の末に生み出した作品は、自分でもひどく退屈だとわかった。勝手に降ってきた『春に君を想う』のほうがずっとキャラが活《い》きいきしていたし、ストーリーもドキドキハラハラがあった。

それでもぼくは、マンガを描くことが好きだった。だから中学に上がり、高校に進学した今もマンガを生み出し続けている。下描きやペン入れ、仕上げもして、最後まで完成させた原稿だって何作品もあった。

絵やコマ割りなど、技術的な面では進歩している。だけど作品が持つ輝きは、『春に君を想う』のほうが遥かに上だった。

何度か『春に君を想う』を完成させようかと考えたこともあった。だけど手が進まなかった。この作品は父さんに見せるために考えたのだ。だけど今はその相手がいないからなのかもしれない。

ネームに詰まると『春に君を想う』を読み返し、そのたびに面白さに心が震える。ぼくは過去の自分に圧倒的に敗北していた。昨夜も同じように目を通したのだが、そのまま教科書に紛れて学校まで持っていってしまったのだ。その結果、ハルに読まれることになった。

途中まで描き終えてひと息つく。肌寒さを感じ、窓を閉めた。

目の前にある原稿を面白い作品にする自信はある。だけど『春に君を想う』を超えられないこともわかっていた。『春に君を想う』が持つ輝きは、今のぼくからは失われている。どうすれば取り戻せるのか、ずっと悩み続けていた。

玄関ドアの開閉音が耳に届く。母が帰宅したらしい。

時計を見ると午後八時を回っていた。母の夕飯の準備をするために腰を上げる。集中し続けたせいか、背骨がポキッと音を立てた。

2

朝の教室は、黒板に消えきらない昨日の文字がうっすらと残っている。席につくと、ハルが空いている前の席に勝手に腰を下ろした。

「昨日の件、考え直してくれた？」

ハルは彫りの深い顔立ちをしている。美人かと聞かれたら、独特な顔だとぼくは答えるだろう。最も印象深いのはネコ科の肉食動物を思わせる瞳と、ひときわ大きな口だ。そんなハルに見つめられると、今から取って食われるような錯覚に陥った。

「本気だったのか」

ハルが身を乗り出すと、椅子の脚が床に擦《こす》れる音がした。

「当然だよ。お願いだから、あなたのマンガを映画化させて」

「嫌だ」

「どうして？」

「……あれはぼくの作品じゃないから」

「作者は他にいるってこと？」

ハルが目を瞬かせ、さらに顔を近づけてきた。勢い余って椅子の脚が浮き、バタンと音を立てた。こんなにも強引な人物に、生まれて初めて遭遇した。

「いや、描いたのはぼくなんだけど」

「どういうこと？」

ハルが眉間に皺《しわ》を寄せたところで、前の席の生徒がやってきた。ハルが立ち上がると、今度は担任の鈴木が入ってくる。騒いでいた生徒たちが各々の席に戻り、直後にチャイムが鳴った。

ハルは自分の席から、猛獣みたいな視線を向けてくる。そして予想通り授業の合間の休憩時間にしつこく話しかけてきた。そのたびに拒否したのに、全然あきらめない。

昼休みも攻勢を覚悟したが、ハルはいつの間にか教室から消えていた。

拍子抜けしつつ購買に向かう。焼きそばパンとメロンパン、牛乳を買って教室に戻ろうとすると、購買の近くの廊下でハルを見かけた。ぼくは購買が文化部の部室棟から近いことを思い出す。

ハルが生徒数人と対峙《たいじ》している。上履きの色が緑なので相手は三年生のようだ。遠いので会話は聞き取れないが、ハルはいつものように背筋を伸ばしていた。

「ふざけんな」

一人の三年生男子が大声を上げて詰め寄り、別の三年生女子が慌てて制止する。凄《すご》まれたハルに動じた様子はない。

何が起きているのか気になった。だけどぼくは部外者なのだ。余計な首を突っ込んでも迷惑だろうと考え、その場を後にした。

ハルは昼休み終了直前に教室に戻ってきた。その後のハルは授業の合間の休み時間も姿を消し、放課後も教室から慌ただしく出ていった。放課後の解放感をいつも以上に抱きながら廊下に出ると、心配そうな表情を浮かべる杏奈が待っていた。

「映画部が大変みたいだよ」

「どういうことだ」

玄関に向かう途中、杏奈が声を潜めた。杏奈は顔が広く、色々な噂《うわさ》話を拾ってくる。

「ハルちゃんは有名な映画祭で入選して以降、半年近く映画を撮影していないんだ」

「言われてみれば最近は壇上で表彰されないな。スランプにでもなったのか？」

「部内では納得する脚本を書き上げるためだと説明しているみたい。映画部の面々はハルちゃんが動き出すのを心待ちにしていたけど、少し前に引退を目前にした三年生が業を煮やして撮影を開始したんだ」

そこで杏奈がぼくを指さした。

「そんな矢先に事件が起きた。昨日の放課後、ハルちゃんが『最高の原作が見つかったから、近いうちに脚本を仕上げて映画撮影を開始する』と部員たちに宣言したわけ」

「マジか」

タイミング的に考えて、ぼくのマンガのことだろう。断ったのに部員たちに表明するなんて信じられない。下駄《げた》箱が見えてくる。下校する生徒だらけの正面玄関はほこりっぽかった。

「そのせいでハルちゃんが三年生と揉《も》めているらしくてね」

「おい、お前が佐藤ナオトか？」

突然、高圧的な呼びかけが耳に飛び込んでくる。

顔を向けると長身の男子生徒がぼくをにらみつけていた。筋肉質で目つきが鋭く、ぼくは怯《ひる》んで動けなくなる。ワイシャツの下の派手なシャツや腰で穿《は》いたズボンによって、不良っぽさが醸し出されていた。

見覚えがある気がして、上履きの緑色で思い出す。昼休みにハルと向かい合っていた三年生の一人だと思われた。

「俺は映画部三年の亀山隆《かめやまたかし》だ。木﨑がお前の原作で映画を撮るって話は本当か」

迷惑極まりないことに、ハルはぼくの名前まで出したらしい。

「頼まれたのは事実ですけど断りました」

緊張しつつもありのままを伝えると、亀山先輩がしかめっ面になる。ハルから伝わった話と違ったのだろう。髪をかきむしってから、真剣な眼差《まなざ》しを向けてきた。

「それならお前に頼みがある。映画を撮るときのあいつは普通じゃない。きっとこれからも何度も許可を取りに来るだろう。だが最後まで断ってほしいんだ」

「理由を聞かせてもらえますか？」

最初から引き受けるつもりはないが、事情が気になる。すると亀山先輩は映画部の現況について教えてくれた。それは先ほど杏奈が途中まで話しかけた噂の続きだった。

全く知らなかったが、我が校の映画部は歴史が長いらしい。過去にＯＢＯＧが何度も賞を取り、卒業生に映画関係者が多数いるなどの実績もあった。そのおかげか高性能な設備や機材が揃っているというのだ。

「高価なレンズや三脚、ガンマイク、強力な照明なんかの機材はもちろん、編集ソフトだって充実している。キヤノンＥＯＳの５Ｄなんて高校生にはなかなか手に入らない。ミキサーだってあるし、衣装も豊富で撮影の幅が広がる。高校レベルでこれだけの設備はほとんど考えられないんだ」

用語は全く理解できないが、亀山先輩の昂揚《こうよう》感だけは伝わってきた。

「三年生が引退間近に映画を撮ることになってな。脚本も完成して配役も決まった。ありがたいことに、俺が監督を任せられた。あとは撮影に入るだけだったのに、ずっと何もしてこなかった木﨑が突然映画を撮ると言い出したんだ」

ハルの撮影は毎回大がかりで、機材や人員など映画部の全てを活用するという。その間、他の映画を撮る余裕はなくなる。つまりハルが撮影を開始する以上、三年生の映画作りは中止に追い込まれることになる。

「俺は高校最後の映画をこの手で完成させたい。木崎なら今後いくらでもチャンスはある。あいつの実力なら商業映画に進出することだって可能だろう。でも俺がこれだけの設備で撮影できるのは今しかない。だから頼む、この通りだ」

亀山先輩が頭を下げる。大勢が行き交う正面玄関なので、下校する生徒たちの注目を浴びてしまう。

「やめてください。それに引き受けるつもりはありませんから」

亀山先輩が頭を上げ、ぼくの肩を叩《たた》いた。

「今の言葉、忘れないからな」

力が強くて肩が痛い。表情こそにこやかだが、目は笑っていない。去り際に再びぼくの背中を叩き、校舎の外に出ていった。

背中がじんじんする。遠ざかる亀山先輩を見送り、ぼくはため息をついた。

「やっぱり断るんだ」

杏奈が残念そうな表情を浮かべる。グラウンドではサッカー部員が監督から大声で指導されていた。

「どうして？」

「最初から引き受けるつもりはない」

高校の正門を出る。校舎脇に細い川が流れていて、桜並木が続いていた。先月には花が咲き誇っていたが、今は葉が青々と茂っている。

「映画化を頼まれたマンガは、ぼくが小学生のときに描いたんだ」

この話は杏奈を含め、誰にも打ち明けたことがない。

「そんな作品があったんだ」

校舎から少し離れただけで一面の田んぼが広がる。雲の形が徐々に夏に近づいていた。関東北部にあるのどかな地方都市は、空を遮る高い建物がほとんどない。

「父さんが出ていく直前に描いたマンガなんだ」

「……そっか」

父さんが家を出た当時、杏奈はふさぎこむぼくを気遣ってくれた。小学校高学年の頃は、男女の派閥のせいで疎遠になっていた。だけど父さんの件を境に再び親しくなった。父さんのことを持ち出したことで杏奈はそれ以上触れずにいてくれた。

Y字路に差しかかり、杏奈と別れる。

ぼくはハルに対して、断る理由として「ぼくの作品じゃないから」と答えた。とっさに出た言葉だったが、半日かけてその意味を考え続けた。

ぼくは昔、父さんのためにマンガを描いた。『春に君を想う』の存在は必然的に父さんを思い出させることになる。この作品は自分の最高傑作だと思っている。だから何度も読み返してしまうのに、そのたびに心に苦い気持ちが湧き上がってしまうのだ。

ただそれ以外にも、映画化を断った理由はあった。

ぼくは今でも『春に君を想う』を超えられていない。だからこそ過去の自分に嫉妬している。そのせいで、あのマンガが誰かに選ばれることが許せないのだ。

翌日、登校するとハルがぼくの席の横で仁王立ちしていた。これまで以上の本気の眼差しに、逃げるべきではないと悟った。

「今日の昼休み、映画部の部室まで一緒に来て」

「わかった」

うなずくとハルは無言で自分の席についた。昼休みはすぐにやってきた。ハルについていき廊下を早足で進む。上履きのかかとが踏み潰されていた。後ろ姿はどこにでもいる普通の女子に思える。歩きながらハルが訊《たず》ねてきた。

「わたしの映画、観たことないよね」

「そうだけど」

なぜ断言できるのだろう。そう考えているうちに映画部の部室に到着する。文化部の部室は校舎の北側に集中していて、日陰なので空気が湿っぽかった。

ハルが映画部と書かれたドアに鍵を差し込み、ひねると鈍い音が鳴った。ドアが開き、カビ臭さが漂う。スイッチを入れると、部室を灯《あか》りが照らした。

ハルに続いて足を踏み入れる。壁の金属ラックに数台のカメラやレンズ、たくさんの本やディスクがあった。銀紙を貼ったパネルや大量の毛布、三脚などが並べられ、木箱には見たことのない機材が置かれている。学ランやブレザー、スーツや清掃員らしい作業服、ナース服など様々な衣装も吊《つ》るされてあった。

「今からわたしの映画を観てもらうね。その上で断るならあきらめる」

「わかった」

ぼくがうなずくと、ハルはノートパソコンを操作した。壁に額縁があり、乱雑な文字で「ルビッチならどうする？」と書かれてあった。意味は全くわからない。ハルが部屋の中央に椅子を置き、その正面にある白色の巨大なスクリーンに光が投影される。

分厚いカーテンが閉められ、外からの光が完全に遮られた。蛍光灯が消されると、スクリーンにデスクトップ画面が映し出される。

「はじめるね」

ハルがファイルにカーソルを合わせる。スクリーンが暗転して、部室が一瞬だけ暗闇になる。その直後に画面に数字が表示され、無音のままカウントダウンが進んでいく。

5、4、3、2、1。

映画が、はじまる。

一人の女子高生の物語だった。制服も校舎もうちのもので、校外の景色も近所だ。主役の女子高生はクラスメイトに恋をしていたが、相手の男子生徒は転校が決まる。女子生徒は男子が家を発《た》つ間際に告白を決心し、授業中の教室を飛び出す。女子生徒は必死に走るが、様々な困難に襲われる。

あらすじにすると、それだけだ。

恋のライバルによる妨害や急病のおばあさんなどトラブルは典型的だが、一つ一つの困難がわかりやすい。必死に走り続ける主役の姿は胸を打ち、小気味よいショットの切り替えが気持ちを昂揚させる。

狭い路地を走り抜ける場面は手に汗握った。角を曲がるたびに今にもカメラが衝突しそうな臨場感があって、思わず身体《からだ》が動いてしまう。

俯瞰《ふかん》の映像は見慣れた街角なのに、息を呑《の》むほど美しい。そして映像を眺めながら、景色にも意味があることに気づく。

画面中央を分断する電信柱が二人の距離を、三叉路《さんさ》が少女の迷いを表現している。二枚のカーブミラーに映った顔は少女の心の葛藤を示唆している。

これらは観客が無意識に感じるよう計算した上で背景に選んでいるのだろう。ぼくが気づかないだけで、意味を込めた演出がちりばめられているに違いない。

前半で葛藤の末に救った人たちが、後半で主人公の助けになる。細かな伏線が回収される展開は小気味良い。次が気になって仕方がなくなって、意識は画面の中に没入していた。

最後、主役は想い人と対峙する。どんな結末を迎えるのだろう。期待に胸が膨らむ。女子高生が告白しようと息を吸い込んだ瞬間、画面が暗転する。

スタッフロールが流れはじめ、心が現実に引き戻される。

深く息を吐く。告白の行方はわからないままだが、満足感に包まれていた。余韻に浸っているとスタッフロールは終わり、ハルが部屋の電気を点《つ》けた。

室内の時計を見ると、上映時間は十五分くらいだった。もっと長い気もしたし、短いようにも感じる。映画を観ながら時間を忘れていた。

「わたしに映画を撮ってもらいたくなったでしょう？」

得意げに聞いてくる。してやったりという表情にも納得してしまうくらいの、最高のエンターテインメントだった。

ハルはぼくが自分の映画を観たことがないと断言した。それは一度でも観たことがあれば、断られない自信があったからなのだろう。ぼくは深く息を吐く。

「実はあのマンガは、小学生のときに考えた作品なんだ」

あの映画を突きつけられた以上、逆らうことなんて無理だ。それでもあと少しだけ抵抗したかった。

「あれを小学生が？」

ハルが困惑している。信じられない気持ちは、ぼくだって理解できる。

「今のぼくの作品を読んでくれないか。気に入ったら、最新作を映画化してほしい」

「新作があるならぜひ読みたい！」

ハルが目を輝かせ、吐息がかかりそうなくらい顔を寄せてくる。

「家にあるから今度持ってくるよ」

「そんなの待てない。今日の放課後、家に行くね」

母がきれい好きなので、いつでも人を呼べる程度には片付けてある。部屋にも見られてまずいものはないけれど、問題は他にあった。

「家に誰もいないんだけど」

「だから何？　ああ、楽しみだなあ」

ハルは全く気にしていない様子だ。気を遣うほうが馬鹿らしい。昼休みの終了を予告するチャイムが鳴った。あと五分で午後の授業がはじまる。ハルは手早く片付けを済ませ、ぼくたちは部室を出た。廊下を駆け足で急ぐ。

まだ心臓の鼓動が速かった。ハルの映画を観たせいだろう。

あの作品を生み出した監督がそばにいる。その事実は憧れの漫画家が近くにいるみたいに、一人のファンとして胸が震えた。

ハルはバス通学らしく、歩いてぼくの家に向かうことになった。自宅まで徒歩で十五分もかからない。杏奈に付き添いを頼もうかと思ったが、入院中の母親に渡す物があるらしく、放課後すぐに学校から姿を消してしまった。

ハルの足取りは軽く、あっという間に到着する。玄関で靴を脱ぎ、ハルを連れ立って部屋に入る。女子を部屋に招くのは杏奈にマンガを貸すときくらいなので、さすがに緊張してしまう。

「わっ、すごい」

ハルは壁一面のマンガ本に感嘆の声を上げた。新旧ジャンル問わず集められた大量のコレクションは迫力がある。しかしハルはすぐに数々の名作から顔を逸《そ》らした。

「さあ、早く読ませて」

「ああ」

勉強机の引き出しを開けると、茶封筒がたくさん入っていた。ぼくは最新作と自信作を選ぶ。茶封筒を差し出すと、ハルは大事そうに受け取った。

「ありがとう」

ハルはクッションの上に勝手に座り、原稿を取り出した。期待が表情から見て取れる。目の前で読まれるのは気恥ずかしく、ぼくはたまらず部屋を出た。

ハルに渡したマンガはどちらも三十ページ強だ。投稿先である少年漫画誌の応募要項に合わせてある。最新作は不思議な力が使えるスマホアプリで起こるドタバタを描いたラブコメディで、自信作は学校の怪談をモチーフにしたホラーだった。

冷蔵庫を開けるとオレンジジュースがあったので、二つのコップに注ぐ。部屋に戻るとハルは早くも二作目を読みはじめている。ハルの座るフローリングのそばに、ジュースのコップを置く。だけど反応は一切なかった。

ぼくは勉強机の椅子に座り、オレンジジュースを飲んだ。甘酸っぱい味と適度に人工的な香料の風味が昔から好きだった。

原稿に向かうハルは真剣で、眼球が小刻みに動いている。

しばらくして、ハルが顔を上げた。読み切り一話分のマンガを読むのは早ければ五分もかからない。原稿を封筒に戻して返してきた。

「絵柄や作風から判断して、確かに『春に君を想う』と作者は同じみたいだね」

「そう言っているだろう。それで、どうだった?」

「はっきり言っておくけど、どちらも映画にする気はないよ」

ぼくはつばを呑み込み、声が震えそうになるのを必死に抑えた。

「どうしてだ」

「自分でもわかるでしょう。面白くないからだよ」

ハルに、反論できなかった。

「新しい作品は正直平凡だった。あえて映画化する意欲なんて湧いてこない。でも『春に君を想う』は違う。技術的な拙さは否めないけど、ページをめくる手が止まらなかった。あれは本当に傑作だよ。小学生が描いたなんて未《いま》だに信じられない」

そんなことぼくが一番わかっている。

「わたしは『春に君を想う』を映画化したい。あのマンガには、わたしに足りないものがある。だからあれじゃなくちゃいけないんだ」

「やっぱり駄目だ」

封筒を叩きつけたい衝動に駆られる。情けないけれど、自覚している欠点だからこそ人は反発を覚えるらしい。

「どうしてあのマンガに固執するんだ。あんたは天才なんだろう？　自分で好きに脚本を書いて、思うように映画を撮ればいいじゃないか！」

思わず声が大きくなると、ハルは顔を強張《こわば》らせた。それから怒りの表情になる。

「……わたしは天才なんかじゃない」

絞り出すような声に、ぼくは何も言えなくなる。ハルが力いっぱい拳を握りしめた。立ち上がり、ぼくに背中を向ける。

「お邪魔しました」

ハルが部屋を出ていく。追いかけようとした拍子に、床に置いたコップを蹴飛ばしてしまう。オレンジジュースがこぼれる。拭くべきか迷ったが、放置して玄関に急ぐ。だけど靴はもうなくて、外に出てもハルの姿はどこにも見えなかった。部屋に戻ると、広がったジュースがクッションに染みこんでいた。

3

登校の途中、コンビニエンスストアに立ち寄った。少年漫画雑誌を手に取り、目次から新人賞の発表ページを探す。そこには数ある応募作品の中から一次選考を通過した作品のタイトルとペンネームが記載されていた。

目的のページを開き、リストを順に確認していく。しかし通過作品一覧に、ぼくの作品名もペンネームも見つけられなかった。ため息をつき、コンビニを出る。重い足取りで通学路を歩くと、背後から杏奈に声をかけられた。

「おはよ」

「おはよう」

田んぼに挟まれたアスファルトの道を並んで歩く。一緒に学校へ行く約束はしていないが、通学路が同じなのでタイミング次第でよく鉢合わせした。田んぼには水が張られ、稲の苗の先が青々と風に揺らいでいる。杏奈は眠そうにあくびをした。

「ハルちゃんの映画の件って進展あったの？」

「決裂したよ」

昨日の出来事と、最終的に断ったことを伝える。

「そっかあ。ナオトの新作は、ハルちゃんのお眼鏡には適《かな》わなかったんだね。読ませてもらったマンガ、私は面白いと思うんだけどな」

「正直悔しいよ」

つい本音を漏らすと、杏奈は困ったように笑った。

高校の校舎が遠くに見えはじめ、生徒たちの姿が増えてくる。杏奈は女子生徒の集団に挨拶され、笑顔で手を振り返していた。

「ちゃんといい作品を描いているんだから、ハルちゃんの趣味に合わなかったからって焦らないほうがいいよ。創作は神秘的なものだと思うんだ。根気よく続けていけばきっと、大傑作が空から降ってくるに違いないよ」

過去に『春に君を想う』を、天から授けられたみたいに思いついたことは杏奈には話していない。このままマンガを描き続ければ、あんな瞬間が再び訪れるのだろうか。

「でも、どうしてあいつは最近映画を撮らないでいたんだ？」

亀山先輩の話では半年近く新作を作っていなくて、それが映画部の揉め事の原因になっている。すると杏奈が言いづらそうに口を開いた。

「本当かわからないけど、病気って噂があったな」

「そうなのか？」

「去年の秋くらいから頻繁に学校を休むようになったの。本人は映画撮影に夢中になっていたと説明していたけど、あの時期から新作は発表してないんだよね」

ハルと同じクラスになって一ヶ月と少しになる。一、二度は休んだかもしれないが、ぼくにはハルが健康そうに見えた。

農道脇の側溝に水が流れていて、あぜ道で農家のおじさんが草刈りをしている。降り注ぐ太陽の光を反射し、田んぼの水が空を映し出していた。

登校してもハルはぼくに絡んでこなかった。平和な日常が戻ったわけだが、どこか後ろめたさを覚える。なるべく視線を合わせないように過ごし、昼休みに昼食を買うため購買に向かう。そこで突然、廊下で肩を組まれた。

「よお、佐藤。ちょっといいか」

亀山先輩に無理やり連れていかれる。亀山先輩はにこやかに笑っているが、力が強くて抵抗できない。校舎裏は湿っぽく、どこからかカビの臭いがした。

「今朝、木﨑が部員に脚本が用意できなくなったと頭を下げた。お前が拒否してくれたおかげなんだろう。これで三年生の映画が再始動できるよ」

「あいつ、あきらめたんですね」

罪悪感なのか胸が小さく痛む。ぼくの原作でなくても撮れるはずだ。自分で脚本を書けばいいし、部内で募る手もある。だけど断った結果、ハルは映画制作そのものを断念した。それくらいハルは『春に君を想う』を高く評価していたのだ。

「一部の部員もホッとしているよ。あいつの作品は素晴らしいが、撮影の最中は鬼になるからな。あいつの横暴さには辟易《へきえき》させられるよ」

「そんなに酷《ひど》いんですか」

亀山先輩が忌々《いまいま》しそうに表情を歪《ゆが》める。

「木﨑は絶対に妥協しない。そしてその水準を周りにも求めるんだ。気に入らなければ何度でも撮り直すし、スタッフを精神的に追い詰めることも珍しくない。あいつについていけずに辞めた部員も少なくないからな」

「昔ながらの映画監督のイメージですね」

「そうだな。木﨑は全てを支配したがる巨匠タイプだ」

理想のために考えを貫く芸術家タイプ。意見を柔軟に取り入れて臨機応変に対応する調整役タイプ。予算や条件などに合わせてきっちりと完成させる職人タイプなど、亀山先輩の説明では監督には色々な種類がいるらしい。

「高校の部活なんだから、俺は大らかに撮るつもりだ。あいつも次のＦＦＦで結果を出したいだろうけど、それならもっと前から準備しておくべきだったんだ。何をサボっていたんだか」

「それって、ふぃあフィルムフェスティバルですよね」

「ああ、そうだ」

亀山先輩がうなずく。ハルがテレビで取材されたのは、ＦＦＦで高く評価されたからだったはずだ。昨夜あらためてネットで調べたのだ。

「プロも参加する日本最大級の自主制作映画のコンクールだ。木﨑は一年の秋に歴代最年少で入選を果たした。グランプリは逃したが、途轍《とてつ》もないことだよ。あいつでさえ泣くほど喜んでいたからな」

「あいつでも泣くんですか？」

傍若無人なハルが涙を流すところが想像できない。すると亀山先輩が含み笑いをした。

「おっと、これは内緒だった。誰にも言うんじゃねえぞ」

亀山先輩はそう前置きして、ハルが泣く姿を見たときのことを教えてくれた。

ＦＦＦの結果が出た後、周囲は当然のように盛り上がったが、ハルは素っ気ない態度だったという。他のコンクールで賞を獲得しても反応は同じだったそうだ。

「木﨑はいつも賞を取って当然という態度なんだ。本当にいけすかない奴《やつ》だよ」

だが発表のしばらく後、亀山先輩はハルが部室に一人でいるところを偶然目撃した。そのときハルは目の周りが真っ赤だったというのだ。

「あれは絶対に泣いていたよ。近くに賞の選評の載った雑誌があったんだ。絶賛の嵐だったから、きっと一人で喜びを嚙《か》みしめていたんだろうな」

審査員たちの評価は非常に高かったらしい。亀山先輩は気まずくなり、ハルに気づかれないように立ち去ったそうだ。

亀山先輩の話に違和感があった。ぼくの知っているハルじゃないように思えたのだ。だけど根拠は何もない。同じクラスになってたった一ヶ月のぼくの感じたことより、映画部員の発言のほうが正しいはずだ。

昼休みが終わりに近づき、亀山先輩は教室に戻っていく。ランチを食べそこねたせいで空腹だった。購買にかろうじて残っていたパンを適当に買い、午後の授業の前に慌てて胃に押し込んだ。

放課後の図書室は人がそれなりに多かった。手塚治虫《てづかおさむ》の『火の鳥』やつげ義春《よしはる》『ねじ式』など過去の名作も収蔵されているため頻繁に利用していた。

図書室の一角に小さな特集コーナーがあるのは以前から知っていた。木崎ハルの存在は高校としても自慢なのだろう。インタビュー記事が掲載された雑誌や新聞記事の切り抜きを、司書がまとめてファイリングしているのだ。

クリアファイルを開くと、ハルの写真が目に飛び込んできた。知り合いが雑誌に載っているのは奇妙な気分になる。個性的な顔立ちのせいで、自然と目を惹くような独特な雰囲気があった。

ファイルをめくり、FFFの選評記事を探す。目当てはすぐに見つかる。誌面には審査に関わった映画監督やプロデューサー、評論家などのコメントが掲載されていた。

亀山先輩の言う通り、ハルの作品は絶賛されていた。特に構成力や画面作り、脚本など映画の完成度が高く評価されている。ある人物は全国上映の商業映画を任せても問題ないと太鼓判を押していた。

しかしハルはグランプリを逃している。その原因は審査委員長を務める映画監督にあった。映画に疎いぼくでも知っている有名な作品を手がけた伊藤《いとう》という人物だ。

伊藤監督も他の審査員と同様に技術に対して一定の評価を与えていた。だが問題点として、完成度が高すぎるとも評していた。映画にはある種の歪みが必要だと伊藤監督は書いている。こだわりゆえに発生する破綻にこそ作家性が表れ、観客を惹きつけるというのだ。

伊藤監督は、ハルの作品は完璧すぎて魅力がないと断言していた。『ある程度予想できてしまうので、彼女の次の作品を観たいとは思わない』と言い切り、その影響もあってグランプリを逃したようだ。

ハルは『春に君を想う』について「わたしに足りないものがある」と話していた。そのすぐ後、自分を「天才なんかじゃない」と、絞り出すように吐露していた。

「そうか」

亀山先輩の話の違和感に気づいた。亀山先輩はハルがFFFの入選に泣くほど喜んでいたと話していた。映画人としては名誉なことなのだろう。喜んで当たり前という意識があったからこそ、嬉し泣きに見えたに違いなかった。

でも多分、真実は違う。根拠はないけど、ぼくは確信していた。ハルは自分の不甲斐《ふがい》なさに怒り、悔し涙を止められなかったのだ。

志の高さに愕然《がくぜん》とし、同時に打ちのめされる。

ぼくは今朝、投稿したマンガの落選を知った。ショックだったけれど、当然のことだと心のどこかで受け入れていた。だから何も心が動かなかった。ぼくは選ばれると信じ切れていない作品を応募した。それは創作者として情けないことだ。

実績でハルに及ばないのは事実だが、それ以前の問題だと気づかされる。心の姿勢で劣るぼくは、創作者としてのスタートラインにさえ立てていない。今のままでは一生、面白い作品なんて描けないだろう。

不安と恐怖に困惑しながら、必死に頭を働かせる。

手にしていたファイルを無造作にめくると、静かな図書室にビニールがめくれる耳障りな音が響いた。専門家たちがハルの映画に感想を述べている。

そこでぼくは現状を打破するための一つの案を思いついた。

4

母の出勤を見計らって、ぼくは高校に休みの連絡を入れた。そして私服姿でマンションを出る。目撃されないよう注意を払い、バスに乗り込んで駅前で降りる。財布にはお年玉の残りである秘蔵の一万円札が入っていた。補導されないか怯《おび》えながら改札を通過し、乗り込んだ電車は時刻表通りに出発した。

目指すは東京の出版社だ。

面白いマンガを描く方法を一番知っている専門家はプロの編集者のはずだ。そう考え、週刊漫画雑誌の編集部に電話をかけた。漫画誌では電話予約して原稿を持っていくと、編集者がアドバイスをしてくれる「持ち込み」が現在も行われている。

北関東から東京まで片道で二時間、充分日帰りできる距離だ。前から持ち込みの存在は知っていたが、怖さが先に立って踏ん切りがつかなかった。だけど行き詰まった今、最大限に利用するべきだと思った。

ターミナル駅で乗り換え、地下鉄の駅から地上に出る。日本最大の書店街と言われる街だ。乗り換えに手間取ったせいで、予約時間は目前に迫っていた。地図で確認してたどり着いた場所には巨大なビルが建っていた。スーツ姿や私服の人たちが出入りしていて、全員がプロの漫画家や編集者のような気がして緊張が増してくる。

深呼吸してからビルに入る。ロビーは広々としていて、受付カウンターに綺麗《きれい》な大人の女性が座っていた。持ち込みだと告げると、慣れた様子でぼくの名前と編集部、そして担当者の名前を訊ねてきた。担当者の名前は事前に控えてある。声を上擦らせて答えると、受付の女性はどこかに電話をかけ、ロビーで待つように指示してきた。

十五分ほど待つと、一人の男性がロビーに姿を現した。

「お待たせ。君が持ち込みの子かな」

「えっと、はい。よろしくお願いします」

三十歳半ばくらいの太った男性で、歩くと大きな身体が左右に揺れた。忙《せわ》しなくロビーの奥に向かうので追いかけると、ドアがいくつも連なっていた。その一つに男性が入り、ぼくも続く。室内は簡素で、長テーブルと椅子、電話くらいしかない。男性は座るようにうながしてから、先に椅子に腰かけた。

「それじゃ早速見ちゃおうか」

緊張しながら茶封筒を渡す。受け取ると編集者は慣れた手つきで原稿を取り出し、冒頭から読んでいった。ページをめくるスピードは速く、五分と経《た》たずに三十ページ以上の原稿を読み終える。最後に原稿を整えてから、編集者は笑顔で問いかけてきた。

「今いくつだっけ？」

「十七歳です」

「そうなると高二かな」

編集者が原稿をぼくたちの間に置いた。

「高校生にしてはうまいと思う。きっと真剣に取り組んできたんだろうね」

「ありがとうございます」

プロの言葉に胸が熱くなるが、編集者はすぐに真剣な顔つきになった。

「だけど、まだまだかな。内容が独りよがりすぎる。読者を意識しないで、好き放題に描いてしまっている。これじゃ誰にも伝わらないよ。君だけのオリジナリティと呼べる片鱗《へんりん》は感じられるけど、せっかくの設定やキャラが生かしきれていない」

編集者が背もたれに身体を預けると、巨体のせいか椅子が軋《きし》んだ。

「……どうすればいいでしょうか？」

編集者が腕時計を見てから、名刺を差し出してきた。

「マンガを読んだり描いたりするだけじゃなくて、色々なことを体験するといいかもしれない。小説や映画、舞台や絵画などにはたくさんのヒントがちりばめられている。見知らぬ人と交流するとか、新たな挑戦をするのもいいね。必ずマンガに還元されるから、経験値を積んでいったほうが絶対にいいよ」

編集者が立ち上がり、小さな個室から外に出る。

「あきらめずに、また持ってきてよ」

「ありがとうございます」

エレベーターに向かう後ろ姿を見送る。ロビーの時計を見る。十五分くらいしか経過していないのに、数時間もいたみたいに心身が疲労していた。

ぼくより少し年上くらいの女性がロビーに入ってきた。原稿が入りそうなバッグを大事そうに抱え、緊張した面持ちで受付に向かう。

きっと同じ目的なのだろう。ぼくは足をもつれさせないように注意しながら、憧れていた出版社のビルを出ることにした。

どうしてマンガを描くのか、父さんに聞かれたことがある。少し考えて、楽しいからだと答えた。父さんに褒められるのも嬉しかったし、上達していくのがわかるのも気持ちがよかった。マンガに費やす時間が好きなのは昔も今も変わっていない。

世の中にはたくさんの物語がある。だけど結局は他人が作った話だ。理想のマンガは頭の中だけにある。だから自分が楽しむために描く。ぼくにとってマンガを描くことは、マンガを読む行為に近いのかもしれない。

だけど今のぼくのマンガはつまらない。せっかく生み出すなら面白いほうが楽しいに決まっている。それなのに面白くする方法がまるでわからない。

平日昼間なのに車内には制服姿の中高生が乗っていた。部活の遠征や試験なのだろうか。緊張していたけれど、補導されずに地元に帰ってくることができた。

休みの連絡は入れたものの、どうしてもハルに会う必要があった。ぼくは高校に行くことにした。一旦自宅に戻って制服に着替え、到着した時点で授業は終わっていた。下校する生徒たちに逆行して校舎に入る。

悔しいけれど現状のぼくには面白いマンガが描けない。それは事実として認めなくてはならなかった。

そして身近には、信じられないくらいの傑作を生み出すクリエイターがいる。

校舎の北側にある廊下は相変わらず湿っぽかった。映画部部室のドアをノックするけれど反応はない。ノブに手をかけると不用心なことに鍵がかかっていなかった。

ドアは簡単に開いた。覗《のぞ》きこむと誰もいなくて、机の上にノートが置いてあった。表紙にマジックペンで『春に君を想う』と記されている。

勝手に入ることに躊躇《ためら》いはあったけれど、好奇心に負けて部室に足を踏み入れる。手を伸ばしてノートを開く。

「これは……」

縦に連続したコマに映画の構図が描かれていた。映画制作で使われる絵コンテなのだろう。一冊丸ごと文字や絵で埋め尽くされている。その全てが『春に君を想う』に関することで、内容を分析し、解釈し直し、分解し再構築しようと試みている。

おそらくハルのノートに違いない。原作を元に脚本を練っているのだ。一回読んだだけで内容を記憶してしまったらしい。見られてから一週間も経過していない。その短期間でこれだけの労力を費やしていることに、本気が伝わってくる。

机の上には別のノートもあった。そちらは古今東西の映画についての勉強だった。分単位で発生するイベントを抜き出し、全体のバランスを分析している。過去の勉強を参考にして、脚本案を考えているのだ。

「何を勝手に入っているの」

入口にハルがいた。無断で侵入して他人のノートを覗き見ているのだ。高価な機材もあるのだから、状況だけ見れば泥棒と疑われても仕方ない。

窓の外は薄暗くなりはじめていて、部室はひどく静かだった。

「どうすればハルみたいに、面白い作品を生み出せるんだ？」

「わたしは必要なことをやっているだけだよ」

ハルは平然と答える。ぼくも努力をしていたつもりだった。でも心のどこかで甘えがあった。昔みたいに勝手に物語が降ってくることを期待していた。そしてその行為に意味がないことは、五年間で充分すぎるほど学んだ。

「頼みがある」

心臓の鼓動が速くなっている。物語を生み出すことは楽しい。だけど自分の作る話のつまらなさと向き合うことは、ひどく恐ろしいことだった。

「何？」

ハルが首を傾《かし》げ、部室に足を踏み入れる。実績のあるハルでさえ、これだけの研鑽《けんさん》を重ねている。それならぼくはさらに努力をしなければ、面白いマンガなんて絶対に作れない。だけどどうやって努力すればいいかわからなかった。

「『春に君を想う』を映画にしてほしい」

「……どういう心境の変化？」

ハルが顔をしかめる。勝手な願いだと自覚している。不機嫌になるのも当然だ。亀山先輩や映画部の三年生のことが脳裏に浮かんだけれど、意識して頭から追い出した。

「それともう一つ頼みがあるんだ」

「今度は何よ」

「映画作りに参加させてほしい」

「はあ？」

ハルが口をあんぐりと開ける。

面白い作品を生み出す方法はハルが知っている。編集者も経験を重ねるべきだと話していた。だからハルから学ぶことにした。身近にこれだけのクリエイターがいること自体が奇跡なのだ。実力を上げるためには、形振《なりふ》りなんて構っていられない。

「どんな雑用でもする。ハルの近くで映画が生まれるところを体験したいんだ」

日が沈んでいき、部室はどんどん暗くなっていく。

「何のために？」

「ぼくのマンガのために」

正直に告げた。ハルは『春に君を想う』を映画にしたいと願っている。この頼みを断れるはずがない。弱みに付け込んでいる自覚はあるが、ぼくも必死なのだ。

ハルがうつむき、表情が全く見えなくなる。様子を見守っていると小さな笑い声が耳に入り、徐々に大きくなっていく。ハルは心底愉快そうに笑っていた。

ハルが壁を強く叩くと部室内の蛍光灯が点いた。

顔を上げたハルは、不敵な笑みを浮かべていた。

「一緒に映画を作ろう。特別扱いはしないから覚悟しておいてね」

「望むところだ」

右手を差し出してきたので、同じようにして握手を交わす。手は小さかったけれど、信じられないくらい力強かった。

「よろしくね、ナオト」

蛍光灯の明かりがちらつき、野球部がボールを打つ音が聞こえた。ハルの真っ直ぐな視線を、今度こそ逸らさずに正面から見返した。

第二章　アマデウス

1

校庭の端にある大きなエノキの下のベンチに座り、ぼくと杏奈は購買のパンを食べていた。見上げると枝と葉の隙間から雲が覗いている。朝から天気はすぐれないけれど、気温が高くて蒸し暑かった。

「つまりナオトが映画作りに参加するわけか」

「そうなるな」

杏奈に聞かれ、パンを飲み込んでからうなずいた。

昨日の欠席についても訊ねられ、紆余曲折《うよきょくせつ》を経てハルの映画作りに参加することを説明する。杏奈があんパンをかじる。昔から小食で、一個だけで満腹になるらしい。

「ハルちゃんはよく許可したね」

「映画作りは素人だけど、足を引っ張らないようにはするよ」

「いや、そうじゃなくて……」

歯切れのわるい反応だが、何が言いたいのだろう。杏奈はあんパンをもぐもぐとよく嚙んでからゆっくり飲み込んだ。

「まあ、ハルちゃんがいいなら問題ないか。それで何の仕事をするの？」

「まずは脚本のチェックらしい」

「おお、いかにも原作者らしいね」

過去の自分が作ったとはいえ、あのマンガを最も理解しているのはぼくだ。そこでスマホに着信があり、確認するとハルからだった。テキストファイルが添付してある。

「早速届いた。どうやら脚本ができあがったらしい」

「ずいぶんと早いね」

「一度読んだ時点で、内容をほとんど覚えたと言っていたからな」

やはり最初に読み終えた直後から脚本を書きはじめていたらしい。成績が特別良い印象はないが、映画に関することには人間離れした能力を発揮するようだ。

パンを一気に口に入れ、お茶で胃に流し込む。スマホを操作して、送られてきたファイルを開いた。脚本を読むのは初めてだ。杏奈はあんパンをちびちびと食べながら、ぼくのスマホを覗きこもうとしている。

昼休みはまだ時間がある。一気に読んでしまおうと考え、スマホのディスプレイをスクロールした。画面が小さいので、杏奈はすぐに盗み見るのをあきらめた。

三十分ほどで読み終え、ぼくは勢いよく立ち上がった。

「ありえない」

「どうしたの？」

スマホをいじっていた杏奈がびっくりしている。頭に血が上ったぼくはろくに返事もせずに駆け出した。目指すは教室だ。玄関で靴を履き替え、全速力で到着する。ハルは自分の席で読書をしていて、ぼくに気づくと眉を上げた。

「あっ、ナオト。脚本を送ったんだけどファイルは開けた？」

「あの脚本はなんだ」

「もう読んでくれたんだ。おかしい箇所はあったかな」

「そういう次元じゃない。大事なシーンが削られているし、描いていないキャラも増えている。話の流れも違うし、あれじゃ完全に別物だろ」

ハルが本を机に置く。映画監督のインタビュー本のようだが、知らない人物だった。色々なページにたくさんの付箋が貼ってあった。

「映画とマンガじゃ表現方法が違うんだよ。話の大筋が同じでも、物語のどこに焦点を当てるかは作り手によって変わる。それに映画は予算やロケ地の問題もある。総合的に考えて脚本を書かなくちゃいけないの」

「ぼくは映画作りに詳しくないから、ハルの言い分は正論なのかもしれない。だけど原作者として言わなくちゃいけない。いくらなんでもいじりすぎだ」

「だから事前に読んでもらったんだよ。当初は今まで通りわたしが全部決めようと思っていたけど、原作ありの脚本は初めてだからさすがに不安でさ。原作者と議論しながら脚本を修正すれば、よりよいものができるはずだから」

「……そうか」

話し合う余地はあるらしい。現状の脚本で映画化したら、原作者として名乗れなくなる。チャイムが鳴り、席につこうとするとハルが声をかけてきた。

「映画部の面々を紹介するから、放課後空けておいて」

教師が入ってくる。日本史の授業がはじまっても、ぼくは上の空だった。

机の物陰でスマホを開き、脚本を読み返す。変更点をノートに書き連ね、不満な理由も挙げた。幸い教師には見つからず、次の授業でもハルへの文句を並べていった。


放課後、ハルと一緒に映画部が集まる空き教室にやってきた。部室は機材が多すぎて大人数が入るのは無理らしい。

机が「ロ」の字状に並べられ、促されるままハルの隣に座る。教室に入ってからずっと、部員たちの視線がぼくに向けられていた。部員たちの手元には紙束があり、目を凝らすと『春に君を想う』のネームのようだった。

映画作りを許可した日の放課後、ハルはぼくの家にやってきた。そして『春に君を想う』をスマホで撮影していった。その際のデータを印刷したのだと思われる。

ぼくはネームを丁寧に描く癖があって、下書きと変わらないため読むのには充分だった。全員が既に読んでいると考えると急に緊張が増してきた。

ハルが全員の簡単な紹介をしてくれる。正直覚えきれないが、この場にいる部員は総勢二十人だった。性別の内訳は男性が十一名、女性が九名になる。

当然だが亀山先輩の姿はない。しかし他の三年生は参加しているようだ。

映画化の許可を出した後、ぼくはハルに三年生の映画の件について質問した。企画が立ち消えになるなら反発は必至のはずだ。だけどハルは問題ないと言い切った。

「わたしが撮ると言えばみんな協力してくれるよ。映画のクオリティは保証する。参加したことを絶対に後悔させない傑作を作るから」

自信に圧倒されたが、事実として亀山先輩以外の三年生は顔を出している。

続けてぼくも挨拶する。今度の作品の原作者であること、興味があって撮影に参加することを話すと、一人の女子生徒が手を挙げた。

「ハル監督、本当に原作者をスタッフとして迎えるんですか？」

すらっとした長身だが少し猫背気味で、顔はまだ中学生みたいなあどけなさが残っている。乙羽《おとわ》陽子《ようこ》という名前のはずで、口調にはどこか棘《とげ》があった。

「ナオトにも仕事を任せるので、乙羽さんも仲間として教えてあげてください」

「わかりました」

乙羽さんは素直に返事をするが、すぐに敵意を込めてにらんできた。嫌われる理由が思いつかない。ハルが咳払《せきばら》いをすると、全員の表情が引き締まる。

「新作は現在脚本を制作中です。仕上げ次第、スケジュール表や香盤表《こうばんひょう》を配ります」

監督としてのハルは丁寧語で喋《しゃべ》るらしい。淡々とした口調は妙な迫力があった。

「それに合わせて各部員の役割も決めます。基本はわたしが指名しますが、希望があれば申し出てください。役者はこれまで通り映画部員の他に、演劇部に協力をお願いする予定です。ただしイメージに合う役者がいない場合は、高校の内外を問わずにオーディションを行うつもりです」

部員たちがざわめいている。オーディションは一般的な映画などでは聞くけれど、高校生の自主制作映画で実施するのは珍しいように思えた。それだけ本気なのだろう。おそらくハルの知名度なら、参加を願い出る生徒も少なくないはずだ。

「ＦＦＦへの出品と、秋の文化祭での上映を目指します。長丁場になると思いますが、クランクアップまで気を抜かずに走り抜けましょう」

「はい！」

部員全員が返事をする。一つの作品のために大人数が関わる。その現場を目の当たりにしたぼくは早くも怯んでいた。アシスタントを雇うプロは別だが、マンガ作りは原則的に孤独な作業だ。その分、失敗の責任を負うのは自分だけで済む。だけど映画作りは一人がしくじることで全員に被害が及ぶのだ。

ぼくは完全に部外者で初心者だ。先ほどのやり取りだけでも聞いたことのない専門用語がたくさんあった。最初の号令は終わったらしく、部員たちはそれぞれにお喋りを開始している。隣のハルに声をかけた。

「香盤表って何だ？」

「役者や衣装、美術や小道具、撮影時間帯や使用する機材とか、カットごとに必要な情報をまとめた一覧表だね。工事現場の工程表みたいなものだよ。撮影中の情報は膨大だから、リストで管理しないと混乱しちゃうの」

ハルが部員たちを見渡した。

「美術や小道具、衣装も必要だしロケハンもある。やるべきことは無数にあるけど、機材は優れているしみんなやる気もある。絶対に面白い作品を生み出せる。ただ可能ならもう一人……」

「もう一人？」

ハルが表情を曇らせるが、すぐに首を横に振った。

「こっちの問題だから気にしないで。それよりわたしたちは脚本を仕上げよう。早速だけど、これからお茶しながら話し合おうか」

「望むところだ」

帰り支度を進めていると、三年生の女子がハルに声をかけてきた。

「ねえ、木﨑さん。前に話していた岡本喜八《おかもときはち》監督のインタビューが手に入ったよ。CS放送で流れていたのを親戚が録画していたから、DVDに焼いてもらったんだ」

「本当ですか。うわあ、本気で嬉しいです。ありがとうございます！」

ハルの表情は玩具《おもちゃ》を買い与えられた子供みたいに輝いていた。映画が関係すると、あんな顔をするのかと意外に思う。ハルは三年女子と話し込んでいる。邪魔にならないよう離れたところ、乙羽さんが近づいてきた。

「佐藤先輩、原作読みましたよ」

乙羽さんは身長が一七〇近くあって、目線の高さがぼくとほとんど変わらない。手にはスマホがあり、ディスプレイに写真データが表示されている。印刷物だけではなく、ネームのデータを部員で共有することも、昨日ハルから断りを入れられていた。

「面白かったです。ハル監督が映画化を切望する気持ちもわかります」

「ありがとう」

作品を面と向かって褒められる経験が乏しく、返事がぎこちなくなる。先ほど向けてきた敵意は何だったのだろう。そう考えた直後、乙羽さんはやっぱりにらんできた。

「だけど調子に乗って、監督の邪魔だけはしないでくださいね」

背中を向け、足早に去っていく。二の句を継げずにいると、背後から肩を叩かれた。

「ごめん、お待たせ」

乙羽さんについて聞こうと思って口を開いたけれど、何と訊ねていいかわからない。これから撮影を共にする仲間なのだ。余計なトラブルを抱えていると思われたくない。代わりにぼくは別の質問をする。

「岡本喜八監督って、どういう人なんだ？」

「んーと、ゴジラの原材料かな。それじゃ行こうか」

ハルは意味不明な答えを返した。きっと何かの比喩だろう。

通学カバンを背負い、ハルと一緒に教室を出る。大人数のせいで教室の気温は上がっていたらしい。廊下に出た途端に涼しく感じ、ぼくは深呼吸をした。


生クリームを挟んだドーナツ生地には粉糖がたっぷりかかっていて、食べると全てが甘かった。ハルはオールドファッションを食べ、杏奈はもちもち食感の人気商品をかじっていた。放課後という時間帯のせいか、店内は制服の客が目立っている。

「どうして杏奈がいるの？」

杏奈は校門を出た辺りで声をかけてきて、自然に会話に混ざってきた。そして当然といった顔で高校から近いドーナツ店まで付いてきて、ハルの隣に座ったのだ。

「ナオトがハルちゃんに迷惑をかけないか心配だから。話の中身も興味あるし」

杏奈が食べかけのドーナツをぼくのトレイに置いた。小食だからそれ以上お腹《なか》に入れると夕飯が食べられなくなるのだろう。

杏奈の食べ残しをかじると、ハルがブラックコーヒーをすすった。

「二人は付き合ってるの？」

「よく誤解されるけど、単なる幼馴染《おさなな じ》みだから」

ぼくはすぐに答える。男女が連れ立って歩くと恋人疑惑が持ち上がるのは世の常だ。杏奈は華やかな容姿をしているため、何度も学内の男子から同じ質問をされてきた。そのため否定するのは慣れている。

「ふうん」

質問してきたくせに、ハルは興味なさそうな生返事だ。

「それじゃ早速脚本の話なんだけど」

「そうだ。映画化するマンガ、まだ読ませてもらってない」

杏奈が大声で遮った。カバンから『春に君を想う』のノートを取り出して杏奈に渡す。映画部員が共有している以上、読ませない理由はなかった。

「わあ、ありがとう」

杏奈は紙のおしぼりで指を良く拭いてからノートを受け取る。

無駄話をしている間に、ハルは脚本とネームをテーブルに広げた。ぼくはオレンジジュースで舌を湿らせてから、授業中に疑問を書き連ねたノートを開く。

「本題に入ろう。最初の問題はここだ。どうして洞窟が出てこない」

洞窟の場面は大事なシーンになる。ヒロインの桜《さくら》が、主人公の少年・空《そら》と初めて接触する場面だ。深い闇に繋《つな》がる洞窟はヒロインの不可思議さを演出するのに最適だ。詰め寄ると、ハルは軽いため息をついた。

「行ける範囲に洞窟なんてない。仮に見つかったとしても自治体の許可は下りるかわからない。セットを作る予算もないから、代替案を考えるしかないでしょう」

ハルの答えは理路整然としている。危うく納得しそうになるが、ぼくは対抗する。

「候補は全くないのか？」

「隣の県にある山奥の酒蔵が、敷地内にある洞窟を撮影用に貸し出しているね。でも交通費がかかる上に使用料も加えると完全に予算オーバーになる。それと、洞窟貸し出しを斡旋《あっせん》しているフィルムコミッションもあるみたいだけど」

フィルムコミッションとは、地方自治体などが観光や文化事業の促進のため映画制作を支援する機関らしい。

「そこにお願いすればいいんじゃないか？」

「使用料は格安だけど、県を三つ跨《また》いだ地域にある。遠征なら宿泊費も必要になる」

「全部予算の都合じゃないか」

お金がないからという主張は恰好《かっこう》悪く思えたが、ハルの語気が強くなる。

「その通りだよ。映画作りの最大の障壁は予算なんだ。地方の映画祭に出品されるような小規模な自主制作映画でも数百万、場合によっては一千万以上かかる。学校から支給される部費と、部員から徴収した資金では全然余裕がないの。手持ちのカードを駆使するしかないんだよ」

数百万円なんて高校生にとって雲の上の話だ。映画制作の大変さはぼくの想像を遥かに超えるらしい。説得する方法が思いつかず、洞窟問題は一旦引くことにした。

「次の問題に移ろう。タイトルの最後にある（仮）ってなんだ」

「今から撮影したんじゃ夏になる。春がつくのは変でしょう」

「……それは仕方ない。だけど変なのは許さないぞ」

「わかってる。配給会社に意味不明なタイトルをつけられる洋画みたいな真似《まね》はしないから」

「よくわからんけど、それから次だ。どうして主人公の親友が男から女になるんだ。予算は関係ないだろう」

それなりに重要な役割を担う人物の性別が違うのだ。何度読み返しても、わざわざ設定を変更する意味がわからなかった。

ハルはドーナツをかじって飲み込んだ。

「原作に男性が多すぎるんだよね。女性にしたほうが画面に華が出るよ」

「……それだけ？」

「絶対に女の子にするべきだよ。逆に聞くけど、男である必要性はあるの？」

質問を返され、ぼくは考える。すると全ての場面で女性でも問題なく物語が進む気がした。納得しそうになるけど首を横に振る。

「やっぱりダメだ。性別を変えるのは許さない」

「どうして」

「物語が浮かんだとき、こいつは男だと直感したんだ」

「変えても物語が成立するなら、メリットがあるほうがいいでしょ！」

「そもそも男ばかりでも充分華はあるぞ！」

にらみあっていると、杏奈が深く息を吐いた。ネームを読み終わったらしく、ノートから顔を上げた。

「めちゃくちゃ面白かった！」

杏奈が顔を近づけてくると、柑橘《かんきつ》系の甘い香りが鼻先に感じられた。

「作風も絵もナオトの作品なのに、今まで読ませてもらったのと何かが違う。どうして今まで読ませてくれなかったの。とんでもない傑作じゃん！」

　これまでマンガを読んでもらっていたときよりも、明らかに反応が良かった。わかっていたことだが、嬉しさと同時に悔しさが胸に満ちる。やはり今のぼくの作品は『春に君を想う』に遠く及ばない。ぼくは杏奈に訊ねる。

「どこが好きだった？」

「やっぱりラストかな。登場人物は色々辛《つら》い目に遭うけど、最終的にはハッピーで終わるよね。だから読み終わって、すごく幸せな気持ちになれる」

「そうだよね！」

　ハルが前のめりになり、コーヒーがこぼれてトレイのチラシに染みを作る。

「『春に君を想う』の最大の魅力は結末なんだ。主人公たちを襲う苦難の末に訪れるカタルシスは圧巻だよ。読者の期待に応えながら予想を遥かに超えてくる。こんなに衝撃的で幸せな結末を小学生が生み出したなんて信じられない。わたしにはきっと一生かけても思いつけない」

　ハルの頰は紅潮し、話しぶりは滑らかだった。ハルはノートを手に取り、大事そうに表紙をなでた。

「幸せな読後感を持つ物語が好きなんだ。悲劇的な結末を迎える名作はたくさんあるけど、自分で生み出すならハッピーエンドでありたい」

「ぼくも同じ意見だ」

ハルの熱量に当てられたせいか、普段より顔が火照っている気がした。

「ぼくも登場人物が無意味に死ぬ話が大嫌いだ。世の中には悲しい結末で終わる物語がたくさんあるだろ。世の儚《はかな》さを描く場合や、理不尽さを糾弾するとかの教訓が得られるならまだ受け入れられる。でも必要性が薄いのに、悲劇的な終わり方をする物語も多いじゃないか」

喉が渇いてオレンジジュースに手を伸ばすと、ハルが真剣な表情でうなずいた。

「よくわかるよ。物語が進めば登場人物に愛着が湧く。そういった人物が命を落とせば喪失感を覚えて、悲しい気持ちになるのは当たり前だよ。そこで登場人物が泣き叫べば、観客は影響されてさらに悲しみを抱くものだから」

「悲しい物語に触れると、別の未来を想像するんだ。ストーリーは作者によって自由に変えられる。だからこそ死なない展開もありえたはずなんだ」

コメディなら笑い、ホラーなら恐怖、サスペンスならドキドキなど、感情を引き出す行為は創作の基本かもしれない。でもぼくは悲しみだけは、どうしても気持ちが避けてしまうのだ。

「泣ける展開が一定の人気を獲得しているのは事実かもしれない。だけどそのほとんどは、死が訪れなくても成立するはずだ。それなら幸せな結末にして、受け手も幸せな気持ちにしたほうがいいに決まっているだろ」

ハルが残りのドーナツを口に入れ、あまり噛まずに飲み込んだ。

「『春に君を想う』は、読み終えた後に幸福な気持ちになれる。あの結末を映像にしたら、きっと素晴らしいものになると思ったんだ」

「ありがとう」

ハルの言葉は心から嬉しかった。映画化の理由を具体的に聞かされたのは初めてだ。最初に説明してもらえれば、もっと早く受け入れられた気もした。

「あの物語が頭に浮かんだときは本当に興奮したよ。コマ割りされた状態のマンガが脳みそを駆け巡って、それを読んでいったんだ。自分でも感動で泣きそうになって、ノートに描き写していくのが大変で、でもすごく楽しかった」

あの瞬間の昂揚感を、みんなも感じてくれればいい。ハルなら感動を損なわずに映像として表現してくれるように思う。細かな変更も認めたくないけれど。

熱を込めて当時の興奮を伝えると、ハルは得体が知れないものを見るような視線を向けてきた。

「……ナオトってやっぱりとんでもないね」

「物語を生み出す人には、よくある体験じゃないのか？」

ポットを持った店員が近づき、ハルに訊ねてからおかわり自由のコーヒーでマグカップを満たした。カップから湯気が上がる。

ハルが口をつけると、熱すぎたのか表情を歪めた。

「一部にはそういう人もいるらしいけど、わたしは全く経験がない。脚本を書くときは勉強したことに基づいて、厳密に構築していくから」

「脚本に勉強なんてあるんだ」

「あるに決まってるでしょう」

ハルは通学カバンに手を伸ばし、一冊の本を取り出した。

「これはハリウッドの脚本術を紹介している本だね。他にも昔の邦画を参考に作られた脚本のマニュアルも勉強になったな。序破急《じょはきゅう》って聞いたことない?」

「わからない」

本を受け取って開くと、真っ先にグラフが目に飛び込んできた。映画の時間を1：2：1に分け、物語の盛り上がりが曲線で示されている。他のページには見知らぬ用語や人名がいくつも連なっていた。

「物語に関する法則はたくさんある。そういった技術を使うことで、観客を飽きさせないことができるんだ」

物語は設定と登場人物を考えたら、勝手に動くものだと思っていた。スムーズに進まなければ失敗であり、一からやり直しになる。全体を計算して構築する方法があるなんて知らなかった。物語を面白くする方法を学ぶために映画作りに参加したが、早速未知の情報を知ることができた。

「勉強熱心なんだな」

「今の映画は長い蓄積の上で成り立っているからね。偉大な先達を参考にしない手はないよ。『工場の出口』のリュミエール兄弟や、ジョルジュ・メリエスの『月世界旅行』なんかも、映画の元祖だと思うと感慨深かったな。映画界最初のスターといっていいフローレンス・ローレンスの人生も刺激的だった」

ハルは心底嬉しそうだ。好きなものについて語ることは、ジャンルを問わず楽しいものなのだろう。だけど初めて聞く単語ばかりなので、固有名詞が頭に入ってこない。映画を撮るにあたって、ハルが地道な勉強をしていることはわかった。だが同時に疑問も感じていた。

「技術を使うと、物語が画一的にならないか？」

ぼくは映画への興味が薄いけれど、ハリウッドの大作はテレビ放送で何度か観たことがある。面白いのはわかるが先の展開が予測できて、物足りないと感じることが多かった。マニュアルが存在するなら先が読めるのも理解できた。

ハルはコーヒーを苦そうに飲んだ。

「どちらとも言えない。法則を基に作られているのに、計算を感じさせない名作もたくさんあるから。そもそも法則は数多《あまた》の傑作を分析した上で生み出されている。あくまで技術は道具で、肝心なのは使い方なんだ。だけど……」

ハルが暗い表情でカップを握りしめた。

「ありふれたアイデアでも脚本術を駆使すれば、それなりに観られるものが作れるのも事実だね。ただ、期待通りに物語が進むことで得られる面白さもある。だからわたしはなるべく定石を外さないようにしているんだ」

ＦＦＦでの評価を思い出す。ハルの技術面を絶賛する中、有名な映画監督だけが「ある程度予想できてしまう」と苦言を呈していた。ハルの沈んだ表情は、あの講評が関係している気がした。

「二人って似てるかも」

杏奈がほおづえをつき、ぼくたちを眺めていた。

「わたしとナオトが？」

「ハルとぼくが？」

同じ反応をしてしまう。

「ハルちゃんの映画もナオトのマンガも結末はハッピーだし、二人とも創作の話題になると目の色が変わる。ハルちゃんは私とナオトが恋人同士か聞いてきたよね。でもあなたたちのほうがお似合いな気がする。試しに付き合っちゃえば？」

ぼくはドーナツの最後を口に放り込んだ。ぬるくなった生クリームはさらに甘みが増していた。ハルが眉間に皺を寄せる。

「ナオトと付き合ったら口論の末に殴っちゃいそう」

「よくわかる」

「やっぱり気が合ってるじゃん。疎外感で泣いちゃいそうだよ」

杏奈が泣く素振りをするけれど、演技なのは明らかだ。長話をしていたせいか店内から学生の数が減り、会社帰りらしきスーツ姿の人がちらほらと座っていた。

「それなら杏奈も映画に参加する？」

「え、私が？」

ハルからの突然の提案に、杏奈の声が裏返る。

「あなたなら画面映えするし、役者として出てみない？」

杏奈が焦った様子で手を振った。

「無理だって。ナオトもそう思うよね」

「杏奈くらい可愛《かわい》ければ、いけるんじゃないか？」

ハルの言う通り見た目が優れているから、観客の目を惹くだろう。杏奈は顔を赤くして、テーブルの下でぼくの足を踏んできた。

「何すんだよ！」

「演技経験もないし、絶対にありえないから！」

「そっか、残念だな」

ハルはあっさり引き下がり、小さくため息をついた。

「資金集めも大変だけど、人材の確保も同じくらい難航するんだ。幸いにしてうちの映画部は優秀な人が多いし、今年は耳のいい後輩も入ってくれた。だけどやっぱり課題が山積みで頭が痛いよ」

「そういえば誰かが足りないってぼやいていたよな」

「実はカメラマンを頼みたい部員と揉めてるんだ」

ぼくは杏奈と顔を見合わせてから、声のトーンを落とした。

「亀山先輩のことかな」

「知ってるの？」

「少し前に話しかけられた」

映画化を断るよう頼まれたことを説明する。あの場でのやり取りに反する行動を取っているため気がかりではあったのだ。ハルは肩を落とし、ますます暗い顔になる。

「そんなことまでしてたんだ。これは本気で拗《こじ》れてるなあ。亀山先輩は性格こそ気難しいけど、カメラマンとしてのセンスは抜群なんだ」

ハルが背もたれに寄りかかって天井を仰ぐ。

「あっ、噂をすれば！」

ハルが突然立ち上がり、再びカップからコーヒーがこぼれた。ガラス窓の外に目を向けると亀山先輩が歩いていた。ハルが店を飛び出す。トレイやカップを片付けてから追いかけると、ハルが亀山先輩の進路を塞いでいた。

「そこをどけ」

「カメラマンを引き受けてください」

幹線道路の脇の歩道で、ガードレールの向こうでは車が行き交っていた。亀山先輩がぼくに気づいて顔をしかめた。

「おい、佐藤。断ると言っていただろう」

「結果的に嘘《なし》になって、申し訳なく思っています」

亀山先輩の詰るような口調に、居たたまれない気持ちになる。明確に約束したわけではないが、あの時点では本心だった。亀山先輩は小さく舌打ちをすると、ハルが堂々とした口調で言った。

「参加したことを誇りに思えるような映画にすると約束します。絶対に後悔はさせません。どうか引き受けてください」

ハルの自信に圧倒されつつ、恐ろしいと感じた。映画は多くの人が参加する。その上での絶対という言葉は多大な責任を伴う。ぼくには使えそうにない。

亀山先輩がハルから顔を逸らした。

「木﨑ならすごい映画を撮ることくらいわかってるよ」

ハルの表情に期待が芽生えるが、亀山先輩は足元にあった石を蹴飛ばした。小石は地面を転がり、ガードレールの支柱にぶつかった。

「でも、そういうことじゃねえんだ。やっぱり俺は降りる。木﨑ならわかるだろ」

「どういうことですか?」

「……自分で考えろ」

亀山先輩がハルを押しのける。普段のハルなら食い下がる気がしたけど、戸惑った表情で背中を見送っている。亀山先輩が横断歩道を渡り、直後に歩行者用信号が赤になった。一台の車が激しい走行音と共に、大急ぎで右折した。

「わたしならわかるって、どういう意味だろう」

「さあ……」

ぼくと杏奈は首を傾げる。ハルにわからないなら他人が推し量るのは難しい。

「まあ、亀山先輩にはまたお願いしよう」

大型トラックが道路を猛スピードで走り、辺りにクラクションの音が響く。きっぱり拒否されたのに、まだあきらめていないらしい。映画に関する事柄だと本当に傍若無人になるようだ。

「ところでナオト、週末にロケハンに行かない？」

ロケーションハンティングは、撮影場所の下見をすることのはずだ。週末までに候補地を絞り、実際に足を運んで撮影に相応《ふさわ》しいかを確かめるらしい。

「ぜひ参加したい」

マンガでも取材は大切だ。五感で体験することで雰囲気や質感を再現できるようになるし、写真を撮って資料を集めることも役に立つ。それにハルがロケハンで何に注目するかも興味があった。

2

土曜の朝九時、梅雨入りの発表があったけれど幸いにも気持ちよく晴れていた。

ハルと乙羽さんが高校前で待っていた。ハルはグレーのパーカーにカーキのカーゴパンツという動きやすい恰好で、靴は履き古したスニーカーだ。傍らには銀色のスポーティーなシティサイクルがあった。

「おはよう」

ぼくがママチャリを押しながら挨拶すると、隣の乙羽さんがにこやかに頭を下げた。

「おはようございます」

以前の敵意は微塵《みじん》も感じない。乙羽さんは白のロングTシャツに七分丈のブルージーンズ、同じくスニーカーという恰好で、二人ともリュックを背負っている。

本日の主な移動手段は自転車で、乙羽さんの愛車はクロスバイクだった。市内なら機動力の高い自転車が便利らしい。ただ、長距離移動はさすがにバスを使うようだ。

「それじゃ出発するよ」

ハルが先頭になり、ペダルを漕《こ》ぎ出す。どこかで小鳥が鳴いていた。涼やかな風が頰を撫《な》で、太陽が新緑を照らしている。川沿いのサイクリングロードには誰もいなかったため、ぼくはハルに並走した。

「目的地は絞れたのか？」

ロケハンの候補地選びは、原作を読んだ部員がSNSのグループトーク機能で情報共有するという方法が取られた。多くの部員が候補を挙げてくれて、ぼくもいくつかの心当たりを提案した。ハルはそれらの情報を元に、アップされた写真を見比べ、マップサイトを駆使するなどして選別したという。

「みんなのおかげで候補が絞れたよ。現地の写真がウェブ上で確認できるのはありがたいよね。デジタル技術の発展で映画作りは本当に楽になったみたいだよ。昔は撮影が失敗したらフィルムが無駄になるし、現像だけで数十万円もかかったらしいから」

「マンガもだけど、映画業界の革新はそれ以上なんだろうな」

マンガ制作の現場も大きく変化している。スクリーントーンやペン入れ、仕上げなど全てがデジタルでも、誌面上では判別が難しい。データによる入稿や原稿の応募は珍しくないし、遠方にいてもアシスタントが作業できるのだ。

「スマホで撮られた映画があるくらいだからね。でも誰もが映像を撮れる時代だからこそ、個人の力量の差が明確に現れるんだよ」

「そういうものなのか」

興味深い技術論を聞きながら十五分ほど移動し、ハルは河川敷の土手で自転車を停《と》めた。見下ろすとグラウンドがあり、遠くに鉄塔が見えた。少し先に橋がかかっている。その向こうには山々が望め、遮るものがないため空が広々としていた。

「ここは何度も撮影で使っていて、今回も候補地に入っているよ」

最初に見せられた少女が走る映画でも、同じ場所が映っていた。青空を背景に駆け抜ける映像は開放感があった。景色は素晴らしかったが、ぼくはハルに訊ねた。

「川沿いのシーンなんてなかったけど」

「主人公とヒロインが並んで歩くシーンだよ」

「あそこは桜並木だったろう。初夏だから桜は断念するけど、どうして河川敷なんだ」

「遮蔽物は少ないし、人止めが楽なの。撮影許可も簡単に取れるから便利なんだよね。あくまで候補地で最終手段だから、他に適切な場所があったらそっちにするよ」

「ううむ」

桜並木のくだりは主人公たちが絆《きずな》を強めるお気に入りの場面だった。河川敷で想像するけれど、青春ドラマみたいな印象でどこか安っぽい気がしてしまう。撮影に便利という理由も引っかかる。

そこで乙羽さんがぼくに鋭い視線を向けていることに気づく。思わず声が出そうになるが、乙羽さんはすぐに普通の表情に戻った。

「今日中におおまかなロケ地を決めちゃおう」

市内を自転車で巡る。十七年住んでいて、大抵の場所は知っていると思い込んでいた。だけどハルについていくことで間違いだと悟る。

広々とした公園の奥は人通りが少なく、鬱蒼《うっそう》とした雰囲気が撮影に適していた。路地を抜けた先にある神社は手入れが行き届き、静謐《せいひつ》な空気で満ちている。初めて存在を知る古民家カフェは、レイアウトを変えることで古い住宅を再現できそうだった。

部員たちの提案も新鮮だった。ぼくの描いた背景から想像を膨らませ、独自の解釈を加えつつ様々なロケ地を候補に挙げてくれている。的外れに思える意見もあるけれど、魅力的な場所や想定していなかった発見も多かった。

新しい景色の中で生きる『春に君を想う』の登場人物たちが思い浮かぶ。キャラたちが想像の中で動き出すのは五年ぶりになる。

自分一人で描いていると、頭の中の範囲内でしか考えが及ばない。だけど外に出ることで新たな世界が広がる。ロケハンによって自分の視野の狭さに気づかされた。

市内での候補を見て回った後、駅前に移動する。

次の目的地は山の中腹にあるため、自転車でたどり着くのは困難だった。時刻は午後一時過ぎで、バスの出発まで四十分ほどだ。お腹が減っていたので、簡単なランチと休憩を兼ねてファストフード店に入った。

規模の大きな撮影現場では食事代が支給されることもあるようだが、ぼくたちはあくまで自腹である。ソファ席を確保して、一番安いハンバーガーとオレンジジュースで昼食にする。

食べ終えてからハルがお手洗いに席を立つと、乙羽さんと二人きりになる。座席に沈黙が流れる。乙羽さんは視線を合わさず、話し出そうとする気配さえなかった。

ぼくはジュースを飲むことに専念する。ずずずとコップが音を立てたところで、ぼくもトイレに行くことにした。男女別のトイレがあって、その近くに洗面所がある。

ハルが洗面台に両手をつけ、うつむいていた。

「どうしたんだ？」

呼びかけにハルは顔を上げた。ひたいに汗がにじんでいるように見えた。

「体調でもわるいのか？」

ハルが洗面台脇にあった袋を隠す。ぼくにはそれが調剤薬局でもらう紙袋に見えた。

「昨日、脚本修正のために徹夜してたんだ。単なる寝不足だから気にしないで」

「無理はするなよ」

翌日にロケハンを控えているのに夜通し脚本を書くなんて、やはりハルは映画のことになると見境がなくなる。処方された薬だとしたら、何かしらの病気のはずだ。心配だけれど本人が寝不足だと言う以上、深掘りするのは憚《はばか》られた。

席に戻ると二人は出発の準備を整えていた。

駐輪場に自転車を置き、バスに乗り込むと時間通りに出発した。先日ハルと口論になった洞窟について、ある部員がよく似た場所に心当たりがあると書き込みをしたのだ。遠いのに後回しにしたのは、作中での時間が昼過ぎだったので、太陽の位置の確認も兼ねているためらしい。

バスに揺られるたびに景色に緑が増えていく。ハルはすぐに目を閉じ、寝息を立てはじめた。昨夜の疲れが溜《た》まっているのだろう。乙羽さんはイヤホンで何かを聴いている。一時間程で道路沿いは完全に森になり、バスは緩やかな坂道を上っていく。

目的のバス停の名前がアナウンスされ、ハルが目を覚ました。ボタンを押すと赤紫のランプが点灯し、しばらく走ってから停車する。

なぜバス停があるのか疑問なくらい、木々だけの道端に降りる。高い樹木が太陽を遮っている。街よりも空気がひんやりとしていて、植物の匂いが感じられた。

「……あれ？」

ふいに、既視感を覚えた。だけど正体がわからないまま歩き出す。

事前に聞いていた道案内に従って脇道に入り、山道を進むと森は徐々に深くなる。靴のソール越しに石の感触があった。迷わないか不安を抱きつつ、ハルはスマホのGPSを確認しながら進んでいった。

木々が生い茂り、道の先を草が隠している。かき分けて進むと先頭を歩くハルが歓声を上げた。続いて草むらを抜けると一気に視界が開けた。

「うわっ」

目の前に広がった光景に、ぼくは思わず声を漏らした。ハルは目を輝かせ、乙羽さんは言葉を失っている。

草むらを抜けた先に洞窟があった。高い崖に横穴があって、黒々とした闇が奥まで続いている。入口の高さは四メートル以上あり、人が充分出入りできそうだ。

自然が生み出した景色の壮観さも驚いた理由だが、何よりも衝撃だったのは洞窟に見覚えがあったからだ。

乙羽さんがスマホのレンズを洞窟に向け、シャッター音を響かせた。

「完全に『春に君を想う』の一場面じゃないですか」

ぼくは比較的背景をリアルに描き込む。ネームの段階でもそれは同じなのだが、目の前の洞窟は写生をしたみたいに似通っていた。撮影場所はここしか考えられないと、マンガを読めば誰もが同じことを考えるだろう。

「……何をしてるんだ?」

ハルがスマホを見ながら動き回っている。不思議に思っているとおでこを手で押さえ、冴《さ》えない表情で戻ってきた。

「ここは使えない」

「どういうことだよ」

ハルがスマホの画面を示した。地図が表示され、山中に青い丸が点滅している。それが現在地点なのだろう。横に太い線が走っていた。

「GPSで確認した。ここは隣の市になるの」

「あっ」

乙羽さんが口元に手を当てる。だがぼくには意味がわからない。ハルが悔しそうに洞窟へ視線を向けた。

「うちの市はフィルムコミッションを運営していて、映画祭の主催もやっている。付き合いもあるし、映画を撮りたいって申請すれば大抵は許可してくれるんだ。洞窟は危険だけど、市の担当者が立ち会えば大丈夫だったと思う」

「隣の市は違うのか？」

「市の方針か担当部署の伝統かわからないけど、昔から許可が下りないことで有名なんだ。山奥だし落石の危険性を考えれば許可は絶望的だよ」

「しかもうちの部はトラブルを起こした過去があるんです」

乙羽さんが悔しそうに唇を噛む。

四年前、うちの映画部が隣の市で映画撮影を強行した。いわゆるゲリラ撮影だ。隣の市が所有する建物で、許可が下りなかったためらしい。

自主制作映画におけるゲリラ撮影は珍しくはないが、当時の映画部の面々は無謀な生徒が多かった。カメラアングルにこだわるあまり、カメラマンは不安定な場所に立って撮影をした。その際にバランスを崩し、三メートルの高さから転落、カメラマンは手首を骨折してしまう。救急車が呼ばれたことで明るみに出て、学校や市を巻き込んだ騒動になったというのだ。

「廃部の話もあったみたいだけど、映画部には結局三ヶ月間の活動休止の処分が下った。停学を食らったせいで退部者も出たんだ」

前科がある以上、強行は無理だろう。理想の景色が目の前にあるのに、別の場所にするしかないのだ。予算や人間関係、自治体との関係など映画撮影には困難が多すぎる。

手の甲に痒《かゆ》みを感じた。どこかに蚊がいたらしい。日が傾きかけ、徐々に気温が下がりはじめていた。洞窟を後にしたものの、後ろ髪を引かれる思いで何度も振り向いた。

3

映画部がオーディションをポスター掲示や口コミで宣伝したところ、予想を超える応募があったらしい。ハルの知名度が絶大であることをぼくは再認識する。

放課後、映画部の部室に向かう。出演が決定した人との顔合わせに加え、原作者としてオーディションに参加してほしいとハルから頼まれたのだ。誰かを審査したことなんて一度もないため不安はあったが、経験を得るためには断るべきではないと思った。

部室には長テーブルとパイプ椅子が面接試験のように配置されていた。見知らぬ男女数人がいて、その中の一人、最も目立つ男子生徒をハルが紹介してくれた。

「彼は演劇部一年の江木沢仁志《えぎさわひとし》くん。演劇部期待のルーキーなんだけど、部長が特別に出演を許可してくれてさ。主演をお願いしようと思ってるんだ」

「江木沢仁志です。木崎さんの映画には前から参加したいと思っていました。全力でがんばりますので、よろしくお願いします」

江木沢くんが頭を下げる。背筋が伸び、お辞儀も真っ直ぐだ。声量は豊かで、発音が明瞭だった。手足がすらりと長く、シャープな顔立ちは猛禽類《もうきんるい》を思い起こさせる。顔が小さいので小柄に見えるが、一七五センチ以上あるみたいだった。

「江木沢くんは小学六年まで東京にある大きな劇団に所属していて、演技の基礎を叩き込まれたんだって。先日の舞台でも抜群の存在感を発揮していたんだ」

ハルが自慢気に説明してくれる。主役に選んだだけあって、江木沢くんは雰囲気に華があった。表情や立ち居振る舞いを自然と追ってしまう。生来のものか後天的なものかわからないが、主役を演じるのに最適な人材だと感じた。

他の男女も演劇部員で、顔合わせしてすぐ部活のために帰っていった。オーディションは映画部員たちだけで行う。演劇部の協力で多くの配役は決まったが、メインヒロインはオーディションで探すことになっていた。

「準備ができました」

乙羽さんがドアを開けて入ってくる。廊下のざわめきが部屋に届き、女子生徒が何人も集まっているのが見えた。ぼくはハルに背中を押され、長テーブルの端の席に座らされた。

「さあ、今から面接だよ。今日は学内の人たちがメインだね」

「ちょっと待て。何をすればいいんだ」

ハルに加えて部員二名が横並びになっている。部長と副部長だが、ハルの存在感が強すぎて印象が薄かった。部長は制作進行として、スケジュール管理や各種連絡、予算の管理や様々な手続きなど裏方の仕事を担う縁の下の力持ちらしい。副部長は照明スタッフの責任者として腕を振るってくれるそうだ。

「率直な意見をくれればいいよ。それじゃ最初の人お願いね」

ハルの指示で乙羽さんがドアを開けた。

見覚えがあるすらりとした体型の女子生徒が、緊張の面持ちで入ってくる。怪我《けが》を理由に引退したバレーボール部の元エースで、男子からの人気も高い学内の有名人だ。

女子生徒が、運動部で培った大声で挨拶をする。凛《りん》とした佇《たたず》まいを、どう判断していいかわからなかった。でも何もしないわけにはいかない。ぼくは今、審査員としての資質を審査されているのだろう。心の中で気合を入れ直し、目の前の候補者に向き合った。

全ての審査が終わった時点で外は暗くなっていたので、翌日の昼休みに部室に再び集まった。審査員四名の他に乙羽さんも加わり、審査結果の話し合いをする。

オーディションに参加した女子生徒は九人だった。これでも書類段階でかなり落としたらしい。審査は自己紹介と台詞の読み上げ、即興演技の三種類が行われた。

順番に感想を出し合うが、ぼくは黙って部員たちの意見に耳を傾けた。

審査員たちは演技力以外に、容姿や姿勢から声の伸び、滑舌、身体能力やリズム感などあらゆる点を評価の対象にして議論していた。登場人物の雰囲気と合っているかはもちろん、画面映りや化粧映えなども評価している。

「三番は待ちのときの態度が最悪でした。現場で一緒になりたくないです」

乙羽さんが審査に不参加だったのは、廊下で待っていた際の振る舞いを見るためだったらしい。長い時間を共にするからか、素の顔も観察されていたのだ。

「ナオトは誰がヒロインに相応しいと思った？」

一通り意見が交わされた後、ハルが訊ねてきた。部員たちの視線が集まる。ぼくはオーディション参加者の顔写真を眺めながら腕を組んだ。

「誰もぴんとこなかった」

「そうだよねえ」

ハルや部員がうなずく。見た目が綺麗な人は滑舌が悪く、運動神経が悪いのか動きがぎこちなかった。演技経験があるという女子は雰囲気がヒロインと完全に異なっていた。一長一短ある中で誰もが決め手に欠けていて、一人に絞ることができない。

「残りは何人だっけ」

ハルが訊ね、乙羽さんがメモをチェックする。学外からの志望者はまだ審査をしていなかった。

「六人ですね」

「そっちに期待するか。それじゃ明日もよろしくね」

今日はハルに外せない用事があるらしく、オーディションは明日の放課後を予定していた。午後の授業のために教室に戻る。ロケハンでも満足する結果が得られず、ヒロインの配役も決まらない。廊下を歩くハルの背中が、心なしか疲れているように見えた。

図書館の前に咲く紫陽花《あじさい》に杏奈が見惚《みと》れていた。

数年前に改築した図書館は、県下でも屈指の蔵書数を誇る。放課後、図書館に用事があると言うと杏奈もついてきた。近くには杏奈の母親の入院する病院があった。

検索機で物語作りに関する書籍を調べる。ポーズの描き方やデッサン、背景のパースの取り方など、絵に関する参考書は何冊も目を通した。絵のマニュアルなら読む気になれるが、物語に関しては無視していた。心のどこかでストーリー作りを神聖視していたのだ。

創作にまつわる書籍はたくさんあった。だがマンガの描き方の本は、なぜか絵に関する内容ばかりだ。仕方ないので小説や映画脚本に関する参考書から、読みやすそうなものを三冊ほど選んだ。杏奈がぼくの手元を覗きこむ。

「ハルちゃんの影響かな」

「いや、別に……」

完全にハルの真似だが、認めるのは癪《しゃく》だった。

杏奈も文庫本を借りた後、一緒に病院に向かう。歩いて五分ほどで到着し、正面玄関から建物に入る。病院独特の匂いを感じながら一階ロビーを通り過ぎる。院内は白色の蛍光灯の光に照らされていた。

エレベーターで三階に上がると、匂いはさらに濃くなった。看護師が早足でワゴンを押し、パジャマ姿の男性が点滴スタンドを支えにして歩いている。

杏奈の母親は大部屋に入院していた。ぼくは物心がつく前からお世話になっている。お見舞いの挨拶をし、少しだけ言葉を交わした。明後日《あさって》には退院できるらしく、杏奈の母親は血色がよく元気そうに見えた。

杏奈が文庫本をベッド脇の台に置き、ぼくたちは病室を出た。

「手術が成功してよかったな」

「最初はどうなることかと思ったよ」

杏奈がため息をつく。身内しか知らないそうだが、杏奈の母親の病気は大腸癌《がん》だった。ただし幸運にもごく初期のステージⅠで発見されたため、簡単な手術で完治できるのだそうだ。

「五年生存率だっけ。診断が下ってから五年後にどれだけ生きているのかも、九〇パーセント以上だとお医者さんは話していたな」

癌と聞くと構えてしまう。だが最近は医学の進歩によって、早期の発見なら充分対処できる病気のようだ。杏奈の母親はまだ四十代だ。もっと長く生きてほしい。

今の杏奈は足取りが軽いように見えた。最近はふとした瞬間に不安そうな表情を覗かせることもあった。医者からの治るという言葉を受けても、不安は完全に払拭できずにいたのだろう。

階段を降りると、廊下を歩く人物と目が合った。最初は見間違いかと思った。しかし相手も硬直していて、ぼくの代わりに杏奈が声を上げた。

「ハルちゃん？」

制服姿のハルが腕に小さなガーゼを当てている。院内放送が流れ、どこかの科の医師が呼び出された。ハルはしばらく立ち尽くしていたが、すぐに駆け寄ってきた。

「二人ともどうしたの？」

「私はお母さんのお見舞いで、ナオトは付き添いだね」

ぼくと杏奈の視線がガーゼに向かう。注射をした後なのは一目瞭然だ。

「言ってなかったっけ？　持病があるんで定期的に検査してるんだ。去年の秋からたまに休むのはこれが原因でさ。大した病気じゃないんだけど面倒くさいよ」

ハルが早口でまくしたてる。秋ぐらいから学校を何度も休んでいることは聞いていたが、オーディションをできなかった理由は通院だったらしい。ハルがガーゼを持つ手を離し、注射をしたほうの腕を背中に隠した。

「本当に病院なんてうんざりだよね。ところで二人のお見舞いは終わったんだよね。それじゃせっかくだし一緒に帰ろうよ」

ハルが自分の病気の話を終わらせる。有無を言わさない勢いは、病気について触れさせたくないという雰囲気を纏《まと》っていた。

三人で病院を後にする。日が長くなっていて、外はまだまだ明るかった。病院前の歩道は幅広く、街路樹のプラタナスが等間隔で植えられていた。

映画の話をしていると、杏奈が思い出したように言った。

「ナオトがさっき図書館で、お話作りの本を借りてたよ」

「どんなの？」

カバンから借りたばかりの本を取り出し、ハルに渡す。受け取ったハルは興味深そうにページを開いた。

「これは読んだことある。いいことが書いてあるよ。こっちは知らないな。ウラジーミル・プロップの昔話や神話の構造はまだ勉強不足なんだ。今度借りてみようかな」

聞き覚えのない外国人だが、ハルは名前を知っていた。

「本当に詳しいな。どうしてそんなに勉強熱心なんだ？」

「わたしに才能がないからだよ」

「は？」

聞き間違いかと思った。杏奈が驚いた様子で手のひらを横に振った。

「いやいやいや、ハルちゃんに才能がないとかありえないから」

「本当にないんだよ。わたしは秀才タイプであって天才じゃない。だからこそ地道に研究して、積み重ねるようにクオリティを高めないと何も作れない」

ハルが自嘲気味に笑う。

「本当なら描きたいものが先にあって、それから映画という表現媒体を選ぶよね。でもわたしは映画を撮りたいという夢が先にあって、具体的に描きたいものはなかった。だから理論だけで映画を作った。そんなやつは大抵挫折するのに、器用だからそれなりの作品が生み出せちゃったんだ」

遠くからサイレンの音が近づいてきた。徐々に音が大きくなり、救急車が真横を通過する。音が変調して背後に遠ざかり、病院に到着したのか突然止《や》んだ。

「才能は理不尽だよ。サリエリが血を吐いても到達できるかわからない場所に、モーツァルトは軽々とジャンプできる。しかも本人はそれがどれだけすごいか自覚がない」

何のことを言っているのだろう。映画を元にしたと思われるハルの言葉が、ぼくにはいつも理解できない。ハルの視線は本に向けられているのに、どこか得体の知れない場所を見つめている気がした。

「本当に悔しいの。どうしてわたしは何もできないのだろう。才能があれば、もっとすごい作品を作れるのに。だったらあきらめるしかない？　そんなの絶対に嫌だ。だからわたしの方法で映画を作るしかない。だってわたしには……」

ハルが言葉を切り、夢から醒《さ》めたみたいに眼《め》の焦点が合う。ぼくたちは街路樹の端に到着していた。目の前に十字路があり、進む先は赤信号だった。

「わたしはこっちだから。それじゃね」

ハルが慌てた様子で、青信号の横断歩道を渡っていった。喉の奥でなぜか苦い味を感じる。日が傾きかけ、ハルの影が長く伸びていた。

「ハルちゃん、すごく思い詰めているみたいだったね」

遠くから再び救急車のサイレンの音が近づいてくる。だんだん音が変わっていく。緩やかな下り坂だったらしく、ハルの後ろ姿が道路の先で見えなくなった。

4

翌日は朝から小雨が続き、室内も湿度が高くじめじめしていた。

放課後のオーディションは、高校から近い公民館の一室で行われた。審査員の顔ぶれは同じだ。二回目だから多少緊張は減っているが、変わらずに気分が重かった。評価を下す側も精神的に疲労することを、ぼくは初めて思い知った。

参加者は七名だと乙羽さんが説明する。昨日から一名増えたらしい。持病があると話していたが、ハルの様子は変わらない。本人の申告通り重い病気ではないのだろう。

「お入りください」

乙羽さんに導かれ、小柄な女子が入ってくる。

その後もオーディションは続いた。学外から応募するだけあって全員容姿が優れ、立ち居振る舞いに自信が溢れている。誰もが演技力や声の大きさ、運動神経など秀でた部分を持っているが、前回と比較しても突出した人物はいなかった。

六人目が終わった時点で、ハルは苛立《いらだ》ちのせいか机を指で繰り返し叩いている。他の部員も冴えない表情だ。このままではヒロインが決まらない。

乙羽さんが最後の一人を案内した。

「堀井さん、お入りください」

「へっ？」

変な声が出た。ハルも目を丸くしている。入ってきた女子はどこからどう見ても幼馴染みの杏奈で、ぼくは思わず椅子から立ち上がった。

「何してんだよ」

「二年の堀井杏奈です。よろしくお願いします」

杏奈は素知らぬ顔でお辞儀をした。あくまで応募者として振る舞うようだ。おそらく昨日の放課後以降に参加を決めたのだろう。ハルも真面目な顔つきに戻っている。何を考えているか不明だが、まずは平等に審査するべきだ。ぼくは椅子に座り直した。

杏奈は志望動機を語り、自己アピールをした。どちらも当たり障りのない内容だ。審査委員長という立場であるハルが杏奈に指示を出す。

「先ほど渡したシーンを演じてみてください。自分なりの解釈で構いません」

「わかりました」

応募者には廊下で一枚の紙が渡されている。『春に君を想う』の一場面を元に、ハルが暫定的に仕上げた脚本だ。渡されてすぐだから、これまでの参加者は紙を手にしながら演技をしていた。だけど杏奈は紙を折りたたんだままだ。

杏奈がまぶたを閉じ、小さく息を吸う。

目を開けた瞬間、空気が変わった。

眼前に立つ女性が誰なのか混乱する。姿形は間違いなくよく知る幼馴染みなのに、表情や目つきが全くの別人に思える。

「ずっとこのときを待っていた」

凛とした、よく通る声だった。今までの参加者は台詞を読み上げていただけだったけれど、杏奈の場合は身体から自然と言葉が出てきたように感じられた。杏奈が数歩前に出る。すっと背筋が伸び、柔らかな動きなのに大きさがあった。

「私は、あなたに会うためにここにいるんだよ」

杏奈が堂々と演技を続ける。細かな仕草さえ、普段と異なっていた。目の前の光景が信じられない。髪型も服装も『春に君を想う』のヒロインと違っていて、何より絵とリアルという差は決定的だ。それなのにぼくの生み出した女性が、紛れもなくそこに存在しているのだ。

「ありがとうございました」

杏奈が頭を下げる。渡した脚本分が終わったのだと、すぐに気づけなかった。

顔を上げた途端、普段の杏奈に戻っていた。茫然《ぼうぜん》として言葉が出ない。審査員の部員たちが興奮気味に質問をして、杏奈は緊張感のない様子で答えていく。

全ての審査項目が終わり、杏奈が一礼して部屋を出ていった。ドアが閉まった直後、ハルが満面の笑みを浮かべた。

「決まりだね」

他の審査員がうなずいている。

一点だけ納得できないことがあった。杏奈は原作を先週読んでいる。幼馴染みだからこそ事前に触れる機会があったのは、他の参加者より有利だと考えられる。疑問をぶつけると、ハルの答えはあっさりしていた。

「原作を知っていてもあの演技はできない。ヒロインは杏奈に決定だよ」

最高責任者が決めたのだから異論を挟む余地はない。乙羽さんがスマホを使って杏奈に合格を伝え、同時に参加者たちにも落選のメッセージを送った。

杏奈はまだ近くにいたらしく、呼び出すとすぐに部屋に到着する。杏奈は迫真の演技の片鱗を感じさせず、へらへらとした笑みを浮かべていた。

「いやあ、まさか本当に合格するとは思わなかった」

「おめでとう、最高の演技だった」

ハルの激賞に、杏奈が照れ笑いを浮かべる。ヒロインへの抜擢《ばってき》は納得だが、不思議な気分だった。

「どうして急に応募した。いつ決めたんだ？」

ぼくの質問に、杏奈はあごに人差し指を当てた。

「応募は昨日の夜遅くだね。創作に対して真剣に取り組むハルちゃんとナオトを見ていたら、楽しそうだなって思ったんだ。理由はそれだけだよ」

「でも未だに信じられない。演技経験なんてないよな」

「一度もないよ」

杏奈の返事に、映画部の面々が顔を見合わせている。オーディション時の自己紹介でも芝居の経験はないと話していた。杏奈との付き合いは長いけれど、小学校の学芸会くらいしか出たことはないはずだ。

「だけどナオトのマンガを読んできた経験が、アドバンテージになったのかもね。『春に君を想う』は一番クオリティが高いけど、やっぱりナオトの作品だから」

杏奈がぼくに笑顔を向ける。

視線が合った瞬間、なぜか心臓が跳ね上がった。

「ナオトがあの場面にどんな気持ちを込めたのか、私なら完璧に汲《く》み取れるよ。私がこの世界で一番、ナオトの作品を理解しているから」

杏奈の口調は普段通り冗談めいているのに、不思議と顔が熱くなってきた。杏奈はそんなぼくの反応を気にせず、映画部の面々に頭を下げる。

「でもやっぱり演技は素人なので、色々とご指導をお願いします」

最高の配役が決まったことで、映画部の面々に自然と拍手が湧き上がった。

窓の外はすっかり暗くなり、公民館を使用できる時間の期限が近づいていた。杏奈も加わって部屋の片付けを進める中、ハルがぼくを手招きした。

「どうした？」

「洞窟のシーンの代替案について相談があるんだ」

ハルがスマホを操作すると、トンネルの画像が表示される。道は枯葉で埋まり、トンネルの先は真っ暗だ。怪談スポットみたいな雰囲気が画像から伝わってくる。

「お世話になっているフィルムコミッションの人に相談して、今は使われていないトンネルを紹介してもらったんだ。アクセスもいいし、撮影許可も間違いなく下りる。雰囲気はちょっとホラー映画っぽいけどね。それを受けて脚本はこう変えたんだ」

　ハルがテキストファイルを開く。読んでみると、洞窟をそのままトンネルに置き換えた脚本になっていた。代わりに前後の繋がりを修正することで、話の流れが矛盾なく仕上げられていた。

　理想の場所が使えない状況において、妥当な代替案なのは間違いなかった。

「やっぱり例の洞窟は無理かな」

「納得できない？」

　ハルが眉間に皺を寄せる。無理を言っている自覚はあった。

「トンネルもわるくないけど、あの洞窟が完璧すぎるんだ。全体の雰囲気に合致しているのは、トンネルより洞窟だと思わないか？」

「それは……」

　同感なのかハルが口籠もる。目の前にもっと優れた物語にできる可能性があるのに、妥協するのは創作者として恥ずべき行為だと思った。ハルがため息をつく。

「わかった。もう少し検討してみる」

「ありがとう」

　ハルとなら、よりよい物語を追求できるはずだ。片付けは終わり、荷物をまとめて部屋を出る。幸いにも雨は止んでいた。暗い道を、ぼくは杏奈と一緒に歩く。

映画出演を志望した理由を問い詰めるけど、杏奈はのらりくらりとはぐらかす。すると背後から自転車のベルが鳴り、振り向くと一台の自転車が迫ってきた。水溜まりの上を通過して停まり、しぶきがすぐそばまで届いた。

「ちょっといいですか」

自転車には乙羽さんが乗っていた。わざわざ追いかけてきたのだろうか。不思議に思っていると、乙羽さんが今まで一番強くにらみつけてきた。

「ハル監督とのやり取りを後ろから聞いていました。無茶な要求はやめてください。自分の立場を理解していないんですか？」

街灯の明かりに真上から照らされる。目元に影が落ちた表情には迫力があった。

「どういうことだ」

「あなたは原作者なんです。原作の使用を禁止すれば、その時点で撮影できなくなる。監督やスタッフは、あなたの要求を断れないんですよ」

「一旦許可を出したんだ。今さら使用禁止になんてしない」

突然の指摘に腹が立った。まるでぼくが強権を振りかざし、無理難題を吹っかけているかのような物言いだ。すると杏奈がぼくの制服の裾を引っ張った。

「ナオト、そうじゃない。権力を持っていることが重要なの。立場を踏まえて発言しないと、周囲はどうしても気を遣ってしまうものだよ」

「それは……」

杏奈は前に、映画作りへの参加に歯切れのわるい態度を取っていた。あれはこの事態を想定していたのかもしれない。ぼくの認識が甘かったのだろうか。乙羽さんがハンドルを握りしめた。

「最悪の場合、ハル監督は洞窟でのゲリラ撮影を決行するかもしれません。自主制作映画では珍しいことではないかもしれません。でもうちの部にはトラブルを起こした過去があります。今度問題が起きたら、廃部だってありえるんですよ」

自動車が走ってきて、ヘッドライトに照らされる。強烈な光が減速しながら真横を通過する。乙羽さんがペダルに足を載せた。

「ハル監督の映画が完成しなかったら、私はあなたを許しません」

乙羽さんがUターンして去っていく。自分の要求が映画を潰す可能性なんて微塵も考えていなかった。

「乙羽さんはハルちゃんのご近所さんで、幼馴染みなんだって。ハルちゃんの影響で映画好きになって、高校にも追いかけて入学してきたみたい。前にハルちゃんが耳のいい後輩が入ってきたと褒めていたのも、乙羽さんのことだと思う」

マンガの実力を高めたいというわがままのために参加した。自分のことだけに悩んで、周りのことに考えが及んでいなかった。

こんな心構えではきっと、誰かの胸に刺さる物語なんて生み出せない。原作者としての在り方を見つめるべきだと考えたぼくは突如、無性にマンガを描きたくなった。

5

ぼくが生み出した『春に君を想う』は恋愛ファンタジーだ。主人公の男子高校生・空は、クラスメイトの少女・桜が不思議な力を持つことを知る。運命の流れを見ることのできる桜は、ほんの少し未来を変えることで他人を救うことができる。

しかし副作用として運命の歪みを受けることになり、桜は自分が悲惨な最期を迎えることを知っていた。また、桜は力の使い方を間違え、家族を死なせてしまった過去があった。そのため桜は死を望んでいた。

だが空は桜を想い、運命を変えようとする。桜は最初、空を拒絶する。しかし空の必死さを目の当たりにし、徐々に心を開いていく。だが運命は残酷にも桜を悲劇的な結末へと否応《いやおう》なく導いていく。

これが『春に君を想う』の大まかなあらすじだ。五年の間、完成されずにネームのまま放置されている。運命の流れを表す絵の表現やサスペンスに満ちた展開、そして結末など、どれを取っても自分が生み出したとは思えない。

ただ冷静になって読み返すと、絵のクオリティは現在のぼくのほうが格段に上だ。コマ割りの経験値も着実に積んでいる。

それにハルの影響で触れた物語作りの参考書は多くの示唆に富んでいた。昔話や神話を紐解《ひもと》けば、長い年月をかけて洗練された物語の類型をたくさん学べる。語り継がれる中で変形しながらも、核に残る物語の原型が存在するのだ。

たとえば高貴な生まれの人物が不遇な状況下に置かれるが、市井《しせい》で力を発揮する物語を貴種流離譚《たん》と呼ぶ。世界中に類型があるようだが、たとえば手塚治虫の『どろろ』も同じ構図のマンガだといえるだろう。

こうした類型は世界中の昔話を研究すると、いくつも発見できるらしい。それは人間が魅力的だと感じる法則に他ならない。

さらに名作と呼ばれる映画や小説を分析すると、世界各国の神話が内包している構造を発見できるという。学ぶことによって、数多の名作が持つ形式を自分の作品に取り入れられるのだ。

『春に君を想う』を最初から見直すことにした。ストーリーの根幹を抜き出し、枝葉の部分が必要かをチェックしていく。

改めて分析を進めると、多くの無駄があることがわかった。

修正は正直、怖かった。

細かな箇所を変えることで、物語の完成度は上がる。しかしそれと面白さは別なのだ。無駄が魅力になる作品はたくさんある。今のぼくが不用意に手を加えることで、過去の作品の持つ輝きが損なわれる不安は拭いきれなかった。

修正案を考えていく途中、洞窟の場面で手が止まった。マンガなら洞窟のままで描けるが、映像だと現実問題として無理なのだ。このままだとトンネルでの撮影になるだろう。表現媒体の違いとはいえ、釈然としない気持ちが残っていた。

伸びをしてから、書棚から曽田正人《そだまさひと》の『シャカリキ！』を取り出した。父さんはジャンルへのこだわりこそ薄かったが、主に少年マンガが好きだった。自転車競技のロードレースを題材にしたマンガで、自転車を愛する高校生の主人公が大会で活躍する様子を描いている。

この作品の最大の特徴は主人公の描き方で、上り坂に対する執念は常軌を逸している。周囲はその圧倒的な才能に当初は惹きつけられる。だが主人公の持つ熱量の凄《すさ》まじさに戦慄し、ライバルたちは打ちのめされていく。

こういった理不尽な才能は現実にあるのだと思う。かつてぼくにもその一瞬が訪れた。才能とは何なのだろう。

ハルは自分に才能がないと断言しているが、作品の質や実績を考えればあるとしか言いようがない。なぜあんなにも、自己評価が低いのか理解できない。

「ただいま」

玄関ドアの開く音が聞こえる。母が帰ってきたようだ。時計は夜十一時を指している。席を立ち、母を出迎えに行った。

「おかえり」

「いやあ、飲みすぎた」

母は酒のためか顔を赤くして、キッチンで水を飲んでいた。四十二歳になった母は以前より白髪が増えた。夜遅くまで働いているせいで生活習慣が乱れ、体重も増えたようだ。ジャケットを脱ぎながら、廊下を歩いて自分の寝室に向かっていった。

「お風呂は沸いているから、酔いが醒めたら入って」

返事があったので、言葉は届いたらしい。母は酔うと簡単な食事を食べたがる。お茶漬けのためにお湯を沸かし、薬味の葱《ねぎ》を切る。

しばらく待つけれど、母は戻ってこなかった。風呂場にいる気配はない。そこでぼくの部屋のドアが開いていることに気づき、覗きこむと母が勝手に入っていた。

「何してるんだよ」

「がんばってマンガを描いているんだねえ」

母は机の上のノートを無断で手にしていた。狭い間取りだからマンガを描いていることは母に知られている。取り返そうと部屋に入り、ノートに手を伸ばした。

「この洞窟、懐かしいわね」

開かれたページには洞窟のシーンが描かれていて、母は懐かしそうに目を細めていた。

「この場所を知ってるの?」

「幼稚園のときだから、あんたは覚えていないか。珍しい場所の噂を聞いたとかでお父さんと一緒に行ったんだよ。草だらけで蚊に刺されたけど、洞窟はすごかったなあ」

母が父さんについて語るのは珍しかった。アルコールが回っているせいなのだろう。詳しい話を聞こうとしたが、母はあくびをして部屋から出ていった。

母が去った部屋に静けさが満ちる。ノートに視線を落とすと、唐突に記憶が蘇《よみがえ》った。ぼくはあの洞窟を訪れたことがある。だからロケハンの際に既視感を抱いたのだ。

父さんを意識しながら『春に君を想う』を読み返す。

すると背景や台詞など、あらゆる箇所に父さんの片鱗を発見した。一緒に訪れた場所や与えられた言葉、父さんに伝えたかった言葉などが随所にちりばめられている。この作品には父さんとの思い出が無意識に反映されていたのだ。

どうして今まで気づかなかったのだろう。意識的に父さんについて考えるのを避けていたとしか思えなかった。

原作を変えられるたび、ぼくはハルに反発した。父さんとの思い出をねじ曲げられることに、無意識に抵抗していたのかもしれない。

だけどそんなことに固執するのは無意味だ。こだわりを自覚すれば、無視することもできる。作者として物語の質に奉仕するべきなのだ。

それでもトンネルのシーンにはやっぱり納得できなかった。それなら原作者としてできることは一つしかない。椅子に座り、シャープペンシルを持ってノートに向かった。


一睡もせずにネームを描き続け、遅刻寸前で教室に滑り込んだ。徹夜をすると朝陽《あさひ》が目に痛いことを初めて知った。一時限目は半分居眠りして、授業終わりの休み時間にハルに新しいノートを手渡した。

「感想を聞かせてほしい」

「顔色やばいよ。それでこれは何?」

「読めばわかる」

興味を抱いたのか、ハルが目を輝かせて受け取った。二時限目は完全に熟睡し、教師に叱られクラスメイトに笑われた。その際に目を遣《や》ると、ハルは授業そっちのけでノートに集中していた。

徹夜で仕上げたのは、『春に君を想う』の修正ネームだ。現在の技術や知識を総動員して完成させた。授業が終わるとハルがぼくの席に突撃してきた。

「一体どうしたの？　洞窟の場面が橋に変わっているじゃない。それだけじゃなくて設定や台詞、コマ割りなんかも細かく手が加えられている」

「感想はそれだけか？」

細部の変化についてより、もっと大切なことを知りたかった。心臓の鼓動が速まる。一瞬で気持ちを察したらしく、ハルは息を吸った。

「こっちのほうが面白い。トンネルより橋のほうが爽やかな雰囲気がある。作品の雰囲気に合致してる」

「そうか！」

安堵のあまり机に突っ伏す。物語の根幹や大筋は変えず、よりよいシチュエーションを考え抜いた。その結果、ぼんやりとアイデアが浮かんだ。曖昧なイメージを必死にたぐり寄せた結果、ロケハンの際に訪れた河川敷を思い出した。

河川敷にかかっていた橋の景色と、洞窟の場面が合致する。橋は映画などで、境界の象徴として使われることがあるという。あちらの世界とこちらの世界を繋ぐイメージを無意識下で観客に想起させるというのだ。

トンネルも異界への入口として使われることがある。しかし『春に君を想う』には、おどろおどろしすぎる気がした。もちろん橋にするために前後の展開は修正している。思いついた瞬間、脳内でかちっとはまる音がした。昔よりずっと弱々しいけれど、物語が降ってきたときに近い感触が心地良かった。

「脚本も橋の案を採用してほしい。ロケ地の申請は問題ないよな？」

「トンネルよりずっと楽だから、こっちからお願いしたいくらいだよ。でもマンガまで脚本に合わせて変更するの？」

「面白いほうを優先するのは当然だろう。それにぼくは嬉しいんだ」

ハルが不思議そうにしている。

「他人と関わると想定外のことが起こる。トラブル続きだったけど、そのおかげで面白い展開が思いつけたんだ」

アイデアが浮かんだ瞬間の昂揚を思い出し、鼻息が荒くなるのがわかった。ハルたちと出会わなければ、『春に君を想う』を修正するなんて考えてもみなかっただろう。

「トラブルはきっとチャンスなんだ。自分一人で考えていても限界はある。だけど他人と衝突することで初めて、自分の実力以上の何かを発見することができるんだ」

修正したネームでは、主人公の親友を女性にする案も採用してあった。面白さに関するハルの嗅覚は貪欲だ。無駄なこだわりを捨てて再検討すると、明らかに女性にして描き直したほうが物語の魅力が増した。誰かと関わることで、かつての自分のような作品を生み出せるかもしれない。その可能性に興奮が隠せなかった。

「トラブルはチャンス……」

ハルがつぶやく。

「それともう一つ、気づいたことがあるんだ」

「何？」

教室から人が消えている。次は教室移動で、美術室や音楽室に散らばることになる。遅刻を怒られるかもしれないけど、もっと大事なことがあった。

「ハルが原作を改変することにぼくは抵抗した。理由はいくつか考えられるのだけど、その一つに最終責任者でいたいという気持ちがあることに気づいたんだ」

創作者はいつだって自分勝手だ。他人の影響やアドバイスを受けても、咀嚼《そしやく》した上で自分の作品であるという気持ちを保ちたいのだと思う。

「きっと亀山先輩も同じだったんだ。先輩は監督を務める予定だった。ハルの水準に達するのは難しいとわかっていても、自分が監督としてクレジットされる映画を残したかったんだ」

亀山先輩はハルに「木﨑ならわかるだろ」と言い放った。あの時点では意味が理解できなかったが、今なら共感できる気がした。

この映画部ほど優れた設備は他では望めないのに、ハルが撮影を開始したことで監督をやる機会は失われた。実力だと切って捨てるのは簡単だ。だけど一度夢を見た以上、感情が拗れるのは仕方ないことだと思った。

「……そっか」

ハルが困惑の表情で顔を伏せた。そこで授業開始を告げるチャイムが鳴った。慌てて美術室に走ったけれど、結局間に合わずまたも教師に叱られてしまった。


昼休み、購買で昼食を購入した。教室に戻ろうとしたところで、ハルと亀山先輩がひと気のない校舎裏に歩いていくのが目に入った。カメラマンの件で説得するのだろう。ぼくも問題を拗らせた一因である以上、一緒に頼み込もうと思った。

渡り廊下から上履きのまま校舎の外に出る。追いかけると、ハルと亀山先輩は校舎の角を曲がった。その先は校舎裏の駐車場で普段はほとんど人がいない。

角に差しかかったところで、ハルの声が耳に飛び込んできた。

「この映画は、きっとわたしのイサクになる」

思わず立ち止まる。声の距離から考えて、曲がったすぐ先にハルがいるはずだ。声はかすかに震えていて、ハルとは思えないくらい弱々しかった。

「どういうことだ?」

亀山先輩の声音も動揺している。

「わたしなら将来いくらでも映画が撮れると言いましたよね。でも無理なんです。わたしには時間がない。だから今考え得る最高の映画を撮らなくちゃいけないんです」

信じられないけれど、途切れがちのハルの言葉は涙声に聞こえた。

「そのためなら土下座だってします。どうかカメラマンを引き受けてください」

「やめろ！」

亀山先輩が叫んだ。

「俺はお前に嫉妬していたんだ。木崎ハルという映画監督を心の底から尊敬している。わかったから、木崎だけはそんな真似をしないでくれ」

そこでようやく、聞いてはいけないことだと悟る。足音を立てずに後退りして、全力でその場を立ち去った。

ビニール袋の中でカレーパンと牛乳がバサバサと跳ねる。走るたびに足裏に違和感を覚えた。小石がいつの間にか上履きに入っていたらしい。何度も振り向いたけれど、ハルたちに気づかれた様子はなかった。


ハルは昼休みが終わる直前に教室に駆け込んできた。ぼくの席目がけて突進してきて、輝く双眸《そうぼう》を睫毛《まつげ》が触れるかと思うくらいまで近づけてくる。様子は普段と変わらないが、心なしか目元が赤い気がした。

「亀山先輩がカメラマンを引き受けてくれた。誠実に頼んだら心は通じるんだね。脚本もナオトの協力のおかげでもうすぐ完成する。これで心置きなく撮影に入れるよ」

「本当か。それはよかったな」

直後に教師がやってきた。ハルは浮かれ足で自分の席につき、嬉しそうな顔で黒板に顔を向けている。

授業中、ずっとハルのことを考えていた。去年の秋から学校を休みがちだったこと。ロケハンのときの辛そうな表情と、薬が入っていたらしき紙袋。病院で出会ったこと。そして昼休みに亀山先輩に話していたことが、脳内をぐるぐると巡った。

強く目を閉じ、余計な疑念を頭から追い出す。映画作りはようやくスタートラインに立ったのだ。ぼくは自分自身のために映画制作に参加した。身勝手な動機で加わる以上、みんなの足を引っ張ることだけはしてはいけない。

ハルの言っていた「イサク」は聞き間違いに決まっている。

窓の外は陽射《ひざ》しが強く、風景の色合いがくっきりしていた。

天気予報によると今年は空梅雨になるらしい。映画撮影の本番に向け、ぼくの胸は不安以上に、期待でいっぱいだった。

第三章　ザ・マジックアワー

1

六月下旬の土曜日はすごしやすい陽気だった。降水確率は一〇パーセントで、空は一面の快晴だ。風も穏やかで、雨の心配はなさそうだ。

早朝の高校に集合し、事前に話を通していた警備員に校舎の鍵を開けてもらう。台車に載せておいた撮影機器を押してバス停に向かった。

いよいよ撮影の初日だ。台車には三脚や脚立、くたびれた毛布など、何に使うのかわからないものがたくさん積まれている。重量があるため道路の小さな凸凹で車輪が操作性を失い、運ぶだけでも一苦労だ。

場所は高校からも行きやすい自然公園で、広々として緑が多いため撮影にはうってつけらしい。申請はすでに済ませてあるという。

バスを降りて公園に足を踏み入れる。空気が澄んでいて、ジョギングや散歩する人の姿はあったが数は少なかった。集合場所である時計のある広場に行くと、スタッフや本日の出演者が集まっていた。亀山先輩もいて周囲から遠巻きにされている。

進行役を担当するスタッフが香盤表を元に点呼を取ると、亀山先輩が返事をした。気《け》怠《だる》げなのに大きな声は周りに威圧感を与える。復帰は伝えられていたが、軋轢《あつれき》を知っているため部員たちは触れづらいのだろう。

全員揃っていたらしく、ハルが大声で号令をかける。

「今日からクランクインです。みなさんの協力なくして映画は完成しません。気を引き締めていきましょう。よろしくお願いします」

「よろしくお願いします」

ハルの声は凛としていて、現場に緊張感が生まれる。

ぼくはバッグからノートとペンを取り出した。ぼくには脚本の補佐以外に、スクリプターという仕事が与えられることになった。記録係とも呼ばれ、小道具の配置や天気の様子、髪型その他諸々《もろもろ》気づいたことを片っ端から記録していく仕事だ。

スケジュールの都合で、連続するシーンを別の日に撮影することは珍しくないらしい。時系列や実際の映像順に撮影する『順撮り』にこだわる監督もいるそうだが、予算やスケジュールを考慮すると難しい。そのため断片的に撮影をして、映像を繋ぎ合わせるのが一般的になっていた。

後から映像を繋げる場合、画面が切り替わった瞬間に問題が発生することがある。飲んでいたコーラが移動していたり、場合によってはメロンソーダに変化したりすることも起こるという。

他にも役者が散髪したせいで、場面によって髪が短くなったり伸びたりすることもあるのだそうだ。こういった失敗は自主制作映画だけではなく、ハリウッド映画のような商業作品でも見受けられるらしい。

プロの描いたマンガでも台詞の写植に誤字脱字があったり、剣の持ち手が突然右から左に変わるといった間違いは珍しくない。漫画家や編集者が厳重にチェックしてもミスは発生してしまうのだ。

その場合大事になるのがスクリプターという仕事らしい。ハルにはぼくが物語作りを学ぶために参加すると伝えてある。だからこそ現場を観察できる役目を割り振ってくれたのかもしれない。

ハルと亀山先輩が絵コンテを手に打ち合わせをはじめる。興味があったので近づいていく。ハルが両手で方向を示し、亀山先輩が顔を向けた。

「シーン2のカット1のカメラ位置はここを考えています」

「向こうのほうがよくないか」

「どうしてですか？」

「手前右側にあの大木を見せて、奥の林が映れば画面に奥行きが生まれる。その後に繋がるカット9のロングショットも、あそこから『パン』すれば空が綺麗に映る」

「なるほど、確認してみましょう」

亀山先輩の提案を受けて二人が場所を移動する。ハルは納得したようで、亀山先輩が撮影助手に指示を出す。撮影助手がデジタルビデオカメラと三脚を運び、亀山先輩の指定に合わせて設置する。あのカメラがキヤノンEOSの5Dなのだろう。名前を知った後に気になって検索したら一機の値段が三十万円を超えることが判明した。

映画部は一本数万円もするレンズを何個も揃えているという。高校生が個人で所有するのは難しい。亀山先輩がこの部で映画を作りたい理由がわかる気がした。

亀山先輩がファインダーを覗きこみ、三脚の脚の一本一本の長さを変える。さらにカメラレンズを回して微調整していた。

再びファインダーを覗き、気に入らなかったのかまた三脚の脚の長さを変える。何度か繰り返した後でハルが確認し、感想を受けてさらに同じことをしてカメラ位置を決定していた。

「これでリハーサルをしましょう」

早速、カメラの場所をノートに記録する。ついでに太陽や雲の位置、天気や時刻なども日付と一緒にメモに取った。助監督を務める部員が出演者を呼びに行く。

主演である江木沢くんとヒロインの杏奈は、木陰で女子部員からメイクを施されていた。化粧するような役柄ではないが、メイクをすることで映り方が大きく変わるという。あくまで画面映りを重視した、化粧していないように見えるメイクをするらしい。

江木沢くんと杏奈がリハーサル現場にやってくる。二人とも緊張した面持ちだ。ハルは立ち位置を指示し、どう動くかを具体的に説明した。

演技指導をしている最中、録音担当のスタッフが役者に近づいた。先端にふさふさのついた長い棒を両肩に載せている。事前に読んだ映画作りのマニュアルによればガンマイクというはずだ。棒の先を役者に近づけると、ハルがスタッフに言った。

「ガンマイク今そこでギリです。少し上にやってください」

スタッフが両腕を掲げ、マイクの先を上げた。

「了解しました。これでどうでしょう」

「OKです」

そのさりげないやり取りにぼくは驚く。ハルは役者の近くにいて、ファインダーを覗いたり、液晶画面で確認したりしていない。それなのにガンマイクをどこにセットすれば画面に入らないかを理解している。カメラがどこからどこまで映しているかを正確に把握できているらしい。

「レフ持ってきて」

照明担当の部員が台車から、銀紙が貼られたパネルを持ってくる。亀山先輩の指示を受けて役者陣の下にレフ板を置く。太陽の光を反射し、役者の顔を照らした。

「それではシーン2のリハーサルをはじめます。これから長丁場になります。みなさんよろしくお願いします」

「よろしくお願いします」

部員たちが返事をする。通行人が撮影の妨げにならないよう、一年生が周囲に配置される。人止めという行為らしい。ハルはリハーサルでも本番同然で行うようだ。

自治体への申請は済んでいるが、撮影は公共の場を使用している。通行を望む人がいれば誠心誠意頼んで、立ち止まってもらうか遠回りをお願いする。どうしても通りたいと言われれば相手を優先しなければならない。邪魔なのは我々なのだから周囲に気を遣うのは当然なのだ。

「カメラOK」

亀山先輩がカメラのスイッチを押し、ハルが片手を上げる。助監督の一人がレンズの前をカチンコで隠す。撮影現場で見かけるボードで、日付やシーン、カットの番号などといった現在撮る映像の情報がチョークで書かれてあった。後で見返す際に、その映像が何なのかすぐわかるようになっているのだ。助監督は三人いるうちの一人で、サード助監督という立場になる。

「それではシーン2カット1、スタート」

大きな声で合図をして、ハルが腕を振り下ろす。同時にカチンコが甲高い音を鳴らした。とうとう撮影がはじまった。ぼくは息を呑んで撮影を見つめる。江木沢くんの台詞は迫力があって、手足が長いため遠目からでも躍動感があった。大きな声と抑揚のついた台詞回しは感情豊かで、さすが演劇部期待の新人だけあると思わせた。

一方で杏奈の声は控えめだが、声質のせいか通りが良かった。細かな仕草はやはり別人のようだが、隣で演技する江木沢くんの迫力のせいで目立たないように感じられる。

絵コンテにあったカット1が終わり、二人が黙り込む。動きも止まるが、撮影は終わらない。いつまで続くのかと疑問に思った時点で、ハルが「カット」と大声を出した。その瞬間、演者やスタッフに満ちていた緊張が緩んだ。どのような意味があるのかわからないが、撮影開始の前後で余裕を持たせるらしい。

二人に近づいていったハルは、まず江木沢くんに声をかけた。

「先日の読み合わせでは声量を落とし、抑揚も控えめにするよう指示したはずです」

読み合わせとは完成した脚本を元に、役者陣が台詞を順に読んでいくことだ。発音やイントネーション、物語の流れなどの確認から、役の解釈のすり合わせなど様々な目的で行われるという。数日前に監督と出演者だけで行われたためぼくは参加していない。江木沢くんはその際のハルの指示を無視した演技でリハーサルに臨んだらしい。

「でも、今までこれでやってきたんで」

江木沢くんが胸を張る。周囲のスタッフは心配そうに見守っていた。ハルがどう対応するのかぼくも不安だったが、返事は意外なものだった。

「わかりました」

江木沢くんが得意げな笑みを浮かべると、ハルがピースサインのように指を立てた。

「ただし今から、わたしが指示した通りの演技をしてもらいます。その上で二つの映像を見較《くら》べて、江木沢さんが正しいと思ったほうを選んでください」

ハルの冷徹とも言える口調に、江木沢くんは困惑しながらもうなずいた。ハルが姿勢や歩き方、台詞の抑揚まで逐一細かく演技指導をはじめる。江木沢くんは顔に不満を貼りつけながらも一応は従っている。

「江木沢さんの役柄や脚本に対する理解度は深いと思います。それは舞台で培った経験に基づくものでしょう。その上で一旦わたしの指示を忠実に守ってください」

ハルがカメラ横に戻り、先ほどと同じ段取りでテストが行われる。江木沢くんの芝居は先ほどと較べて大人しく、遠くからだと迫力がないように見えた。

ハルがカットをかける。それからデジタルビデオカメラを三脚から取り外し、セカンド助監督にノートパソコンの準備をするよう指示を出す。セカンド助監督が近くにあった東屋《あずまや》にノートパソコンを置き、カメラをケーブルで接続した。

ハルは江木沢くんと一緒に東屋へ移動した。気になったのでついていく。セカンド助監督が操作をすると、画面に先ほど撮影された映像が流れた。

江木沢くんと杏奈がバストアップで映り、台詞を交わしている。時間にすれば二十秒にも満たないシーンだ。映像の最初と最後をカットすればもっと短くなるだろう。見覚えのある公園が横長の映像に切り取られている。背景は奥行きが感じられ、小さな林が森のように感じられた。役者の顔にしっかり光が当てられ、江木沢くんも杏奈も別の人間として画面に存在している。カメラ位置やメイクの重要性を、ぼくは短い映像で実感した。

立て続けに二本の映像が流された。構図や台詞は一緒だが、江木沢くんの演技だけが異なっている。その違いに驚いたが、江木沢くんが抱いた衝撃はぼく以上だったようだ。言葉を失っている江木沢くんにハルが問いかける。

「どちらを採用するべきだと思いますか？」

「……今後は監督の指示に従います」

江木沢くんが苦しみに喘《あえ》ぐように言った。差は歴然だった。最初の江木沢くんの演技は遠くから眺める分には迫力があった。しかし映像になると動作や表情が大げさで、張り上げた声はわざとらしく聞こえてしまう。

一方でハルが指示した演技は自然だった。抑制の利いた台詞回しや細かな表情の変化は、登場人物の感情を適切に伝えている。見較べれば大半の人は二本目を選ぶはずだ。

「わかりました。では本番に移ります」

ハルは当然といった態度だ。結果がわかっていた上で、役者を納得させるためにあえてこの方法を選んだのだ。江木沢くんは唇を嚙みながら立ち位置に戻り、杏奈が何か声をかけている。きっと励ましているのだろう。ハルがカメラ横に戻る。いよいよ本番というタイミングで亀山先輩がハルに話しかけた。

「本番に入る前に提案なんだが、望遠で撮らないか？」

「えっ、被写界深度を浅くするってことですよね？」

ハルが目を丸くして問い返した。望遠とは、望遠レンズのことだと思われた。

「木﨑監督がシャープでフラットなルックを好むのはわかっている。ここに来るまで迷っていたんだが、リハーサルで確信したよ。『春に君を想う』は従来の木﨑作品と演出を変えるべきだ。俳優の顔の陰影も強くして、露出もアンダー気味にして全体を暗い色調にしよう」

亀山先輩がぼくにちらりと視線を向ける。

「『春に君を想う』は傑作だ。だからこそ雰囲気を大事にしたい。うちのオールドレンズでも一番古いものを使い、ソフトフォーカスにして幻想的な絵にしたいんだ」

亀山先輩がレンズを付け替え、カメラの操作をする。求める画面を作るつもりなのだろう。ハルが液晶画面を覗きこんで、眉根を寄せた。

「こんなに暗くてぼやけた画面だと観客がうんざりします。物語の幻想性はストーリーラインで充分伝わります。それにそのレンズはフレアが出やすいから嫌いなんです」

「フレアが味になるんだよ。やるなら徹底するべきだ。絵コンテも見たが、全体的にわかりやすすぎる。原作には斬新な構図がたくさんあった。角度的にうちの設備じゃ難しいものも多いが、できる限り参考にしないか。きっと革新的な映像体験になる」

「下手に構図に凝ったって、独りよがりのアート作品になるだけです。観客にストレスを与えて、観客の気持ちの流れを止めるべきではありません」

「お前はエンタメの基本に忠実すぎるんだよ」

「お客さんを楽しませたいんですよ！　亀山先輩はわたし寄りの、セオリーに忠実な映像を撮っていたはずです。どうして急に逆のことを言い出すんですか」

「今回は例外だ。あの原作を読むと、やりたいことが浮かんでくるんだよ。たとえばこのシーンなんだがな」

亀山先輩が絵コンテの裏に何かを書き込むと、ハルが一瞥《いちべつ》してから叫んだ。

「絶対にありえません。セオリーと外れすぎです！」

役者やスタッフを置いて、ハルと亀山先輩が怒鳴り合う。部員たちは困惑した様子で遠巻きにしている。ぼくも口を挟めず、乙羽さんに声をかけた。乙羽さんは録音助手という役職で、首にヘッドホンをかけていた。

「いつもこんな感じなのか？」

乙羽さんが首を横に振った。

「ハル監督は厳格にヴィジョンを設計した上で自分の考えを貫きます。意見を言うスタッフもいますが、ほとんどはハル監督の案のほうが優れています。それに亀山先輩とは映像に関するセンスが一致していましたから、こんなに食い違うのは初めてです。これまでもハル監督が部内で唯一、亀山先輩の意見だけは取り入れていましたから」

しばらくにらみ合いが続き、先に折れたのは亀山先輩だった。

「ああもう、わかった。監督の指示に従うよ！」

議論は終結したらしい。投げやりな口調だったが、亀山先輩は黙々とカメラの設定を直しはじめる。衝突しても最終的には監督に従うつもりのようだ。

その後も台詞の間違いや演技の修正など何度かのNGはあったが、撮影は順調に進んでいった。ハルは役者の手の動きや足の運びまで事細かに指導し、照明の当て方や演出のタイミングなどを完全にコントロールしていた。

監督には色々なタイプがいると聞く。亀山先輩がかつて話していたように、ハルは全てを計算し尽くし、思い通りに進めるみたいだ。

あっという間に正午になった。予算の都合上、昼食は各自が用意していた。ノートを見返し、ハルがOKを出したカットの総時間を計算してみて愕然とする。午前中を費やして、おそらく五分も撮影できていない。

ハルに声をかけ、必要な情報を記録できているか確認を頼む。ハルは木陰にあるベンチで、杏奈と並んで座っていた。スポーツドリンクを飲んだ後、栄養機能食品のビスケットをかじってから、ぼくのノートに目を通した。

「合格ね。この調子で進めて。ところで初めての撮影現場はどうだった？」

安堵で胸を撫でおろしてから、杏奈の隣に座り自作の弁当を取り出す。お小遣いの節約のため、冷蔵庫の残り物をかき集めて作ったのだ。ぼくは鮭《しゃけ》おにぎりを頬ばる。

「大勢の人が動いていてびっくりした。孤独な作業が続くマンガとは根本的に違うんだとわかったよ。それに江木沢くんの演技の違いも驚いた。離れた場所からだと最初の演技がよく感じたけど、映像では印象が大きく変わるんだな」

「江木沢くんの最初の演技も間違いじゃないんだ。ただ彼は舞台の経験はあっても、映像作品に出演したことがないから」

「どういうこと？」

杏奈がサンドイッチをかじる。

「舞台と映画では演技の質が違うの。舞台は遠くの観客席からでも理解できるよう身体全体で演じる。台詞も観客に届くよう必然的に張る必要がある。だけど映像はカメラでアップにして音声もマイクで拾うから、舞台用の演技だと過剰に感じられるんだ」

逆に映画用の演技だと舞台では小さすぎて伝わらないという。どちらが優れているという問題ではなく、演劇と映画で使い分ける必要があり、なおかつ双方を経験することで得られることもあるとハルは付け足した。

テレビや映画で活躍する人気俳優を思い出す。

実力派と呼ばれているが、演技を見かけるたびにオーバーだと感じていた。その俳優は舞台で知名度を上げたと耳にしたことがある。個性として意図的に大げさに演じているか、演劇時代の癖が残っているか、もしくはその両方なのだろう。

「それに江木沢くんは勘が良いから、映画用の演技を習得しつつある。撮影中にどんどん成長するはずだよ」

「教え方がうまいんだよ。私もすごくやりやすいし」

杏奈はサンドイッチを食べ進めている。作ったのは退院した母親だという。ハルはビタミン入りのゼリー飲料を吸いこんでから肩を竦《すく》めた。

「すごいのは杏奈だよ。指示の意図も的確に汲んでくれるし、役柄の解釈もしっかりしている。演技初心者なんて未だに信じられない」

「言われた通りにやってるだけだよ。自分ではよくわからないけど、もっと感情を表に出したり、熱意を込めたりは今後経験を積めばできるのかな」

「できればやめてほしいかな」

「どういうことだ？」

ぼくは思わず質問していた。

「感情を出すとか熱意を込めるとか、曖昧な演技に意味はないよ。役者の心の内側なんて伝わらない。必要なのは観客が理解することなんだ。だからわたしは役者にどれだけ嫌がられても、観客の感情を誘導するために必要な動きを指示するわけ」

映画には視覚情報と音声情報しかなく、前後の情報も編集によって自由にできる。暗い気持ちならうつむき、明るい気持ちなら上を向くというように、的確に伝えないと観客は理解できないのだとハルは力説する。

ぼくは水筒に入れてきたお茶で喉を潤す。指示に反論する役者はこれまでたくさんいたのだろう。そしてハルが信念を貫き通したことも容易に想像できた。

「だけど役者の心が観客に伝わらないのは本当なのかな。ぼくには信じられない。演技の奥からにじみ出てくる得体の知れない力がある気がするんだ」

「わたしは全く信じていない」

ハルはばっさり言い切り、反論しようとしたぼくは思わずミニトマトを喉に詰まらせる。飲み込んだところで昼休憩が終わり、撮影隊は次のロケ地に移動することになった。スケジュールでは近隣の道路になっている。公園から近いので、台車を押して向かう。使用許可はすでに制作進行係が所轄の警察署に取っているという。

予定する道路は丁字路で、ネットで見た限り原作の雰囲気とも合致していた。人止めや車止めも最小限で済みそうだ。通行人の邪魔にならないよう注意して歩く。曲がり角の先が現場なのだが、先導していたチーフ助監督が声を上げた。

角を曲がったところで、ぼくは目を疑った。丁字路の手前に立入禁止の看板が立てられ、その先で道路工事が行われていたのだ。

振動音が大きく響き、一同は工事現場の手前で立ち尽くす。

制作進行係は申請時に工事の件は聞いていないと主張している。看板によると昨日から工事がはじまり、一ヶ月後に終わるらしい。警察の担当部署が工事を把握していなかったのかもしれない。制作進行係と打ち合わせしてからハルが発表する。

「次の現場に移動します。この現場での撮影は代替地を検討します」

道路での撮影はあきらめざるを得ない。気を取り直して工場跡での撮影に移ることになった。急な撮影になるが、所有者とも話がついたようだ。

工場跡は市内にあり、何年か前に閉鎖された後は放置されている。寂れた雰囲気と広い敷地に目をつけたテレビスタッフがロケで使用して以降、映画やドラマなどでもたびたび撮影をするようになったという。

現在は簡単な補修が行われ、次の利用目的が決まるまでの間は撮影場所として使えるようになっていた。建物の所有者が映画好きで、フィルムコミッションとも繋がりがあるらしい。安全上の問題から建物内に入らないこと、遅くなる場合は大人が立ち会うことなどを条件に、ハル率いる映画部では優先的に使わせてもらっているそうだ。バスで移動し、三十分ほどで到着する。事前に預かっていたという正門の鍵を開け、撮影隊が敷地内に入る。廃工場は壁やパイプに錆《さび》が浮き、朽ちはてた雰囲気が漂っていた。しかし地面に針金やボルトなど危険物はなく、雑草も少ない。撮影のために整備されているようだ。

本来の予定日は数日先だったため、スタッフが焦った様子で準備を進める。役者陣はメイクを直されながら脚本を何度も復唱している。

「先にスタンドインでカメラ位置を決めよっか」

ハルの指示で一年生がカメラの前に立つ。役者の代わりにスタッフを使って撮影の準備を進めることをスタンドインというらしい。一年生が脚本を片手に棒読みで台詞を読み上げる。ぼくは立ち位置や天気の様子などを書き記した。

準備が進み、役者がカメラの前に立つ。リハーサルを開始するが、台詞や場面の意味が充分に頭に入っていないようだった。駄目出しと指示が繰り返され、時間はどんどん過ぎていった。

立ち会う大人がいないせいもあり、午後六時以降の工場跡での撮影は禁止されていた。撤収にかかる時間を考慮すれば午後五時半には終わらせたい。

スマホを確認すると午後四時過ぎだった。何とかリハーサルが成功し、ハルが本番に入ると宣言する。亀山先輩の準備も整い、ガンマイクも所定の位置についた。照明スタッフがレフ板で役者の顔に光を当てる。

記録を進めつつ、天気についても残そうと空を見上げた。すると数分前までなかったはずの厚い雲があった。黒い色にいやな予感がしたかと思うと、鼻先に冷たさを感じた。地面に小さな跡ができて、みるみるうちに雨が強くなっていく。

駐輪場として使われていたらしいトタンのひさしの下に避難する。

「撮影は一旦中止します」

ハルが指示をして、スタッフ一同が撮影機器をケースに収納する。映画に使う機材は精密機器ばかりなのだ。

「最悪！」

ハルが苛立った様子で叫んだ。降水確率一〇パーセントとは何だったのだろう。亀山先輩はカメラを構え、雨の工場跡を撮影していた。

激しく降り続き、結局止んだのは五時過ぎだった。厚い雲はまだ空に残り、地面もびしょ濡《ぬ》れだ。ハルは制作進行と相談した上で決断を下した。

「今日の撮影は無理だと判断し、片付けが終わり次第解散します。以降の予定はまた連絡します。今後もよろしくお願いします」

スタッフが片付けを進めていく。突発的なアクシデントの連続で、後半は撮影が全く進まなかった。ハルがケーブルを巻きとるのをぼくは手伝った。

「映画作りって大変なんだな」

「別に珍しくないよ。天気は言うことを聞かないし、想定外のことは毎回発生する。前なんて撮影を予定していた場所で交通事故が起きたんだから」

役者陣は先に帰ることになったが、一部の部員は荷物を戻すため部室に向かった。高校まで近いため、二十分ほど台車を押して到着する。

創作系の仕事は華やかなイメージを持たれがちだが、マンガなら机にかじりついてインク汚れや消しゴムのカスにまみれることになる。

そして映画制作は実際に携わると、想像以上に力仕事だとわかった。撮影現場を巡りつつ、工事を進めているような感覚だ。

疲れ切った状態で部室にたどり着く。土日でも運動部が練習をしているので校内への出入りは問題なかった。

荷物を置いた後、大半の部員は引き上げていった。しかしハルは帰る気配を見せずにノートパソコンを起動した。ヘッドホンをしながら今日撮影した映像を見返しているようだったが、途中で表情を歪める。

「音が小さすぎる」

「えっ」

部室を片付けていた乙羽さんの手が止まる。ハルが無言でヘッドホンを渡し、乙羽さんが緊張した面持ちで受け取る。録音機器の設定をしたのは乙羽さんのはずだ。ハルがマウスを操作すると、乙羽さんの顔がみるみる青ざめていった。

「これじゃ声が使えない。どうしてこんなに小さい音しか録《と》れなかったの？」

「すみません。ノイズが気になって音を絞ったせいです」

乙羽さんがヘッドホンを外し、震える声で謝罪した。

詳しくはわからないけれど、乙羽さんは失敗したらしい。うつむきながら膝の上で両手を握りしめている。ハルがため息をついた。

「他の素材を確認して、音だけを別のテイクに差し替えられないか調べてみる。それでも無理そうなら再びロケに行って撮り直すか、予定が合わなければアフレコになるね」

「……本当に申し訳ありません」

乙羽さんが頭を下げると、ハルは画面に目を向けた。

「次は失敗しないで」

ハルの物言いはそっけなかった。居たたまれなくなったのか、乙羽さんは手早く片付けを済ませてから部室を出ていった。真横を通った際に、目尻に涙が溜まっていることに気づく。

「ぼくも帰るよ」

荷物を手にして急いで部室を出る。廊下の先に背中が見えた。全力で走るが、足が速くて差が縮まらない。

ようやく追いつけたのは駐輪場の近くだった。自動販売機が光り、自転車を照らしている。乙羽さんの目は赤くなっていた。

「……何しに来たんですか」

「よくわからないけど、一人にしたくないと思って」

何のために駆け出したのか自分でも理解できなかった。正直に答えると、乙羽さんは怪訝《けげん》そうな表情を浮かべた。

「そんな恥ずかしい台詞、よく吐けますね」

自分でも恥ずかしいと思うし、余計なお世話だと自覚している。だけど一人で辛そうにしている乙羽さんを放っておけなかった。

「少し話をしてもいいか？」

自動販売機が振動音を発した。オレンジジュースと缶コーヒーを買い、乙羽さんに両方差し出した。乙羽さんは無言で缶コーヒーを受け取り、ぼくはジュースに口をつける。

乙羽さんがプルタブを開け、花壇の近くに立った。

「さっきは大変だったみたいだな」

乙羽さんは缶コーヒーを飲んでから深く息を吐いた。

「監督の時間を浪費してしまいました。アフレコになるかもしれませんし、みんなに迷惑がかかることになったら最悪です」

「実写でもアフレコってあるんだな。あまりやりたくないのか？」

映像に対して声優などが声を入れるアフターレコーディングは略してアフレコと呼ばれている。乙羽さんが肩を落とした。

「騒がしい場所で声を拾えなければ結構多いですよ。ただロングショットならわかりにくいですが、クローズアップでのアフレコはうまくやらないと浮いて聞こえます。やっぱり直録りが基本だと思うんです」

直録りとは今日の撮影のようにガンマイクなどを駆使して、演技中の音声や環境音を同時に録音する方式らしい。

本音を言うと、乙羽さんの悩みには実感が湧かない。映画とマンガは絵と言葉で構成される表現媒体だが、決定的な違いは音情報だろう。ＢＧＭや効果音、役者の声などはマンガには存在しないのだ。乙羽さんが缶コーヒーを一気に飲み干した。

「ハル監督の役に立ちたいといつも考えてるのに、本当にうまくいかないです」

「付き合いが長いんだよな」

「小学校から一緒です。ずっと一緒に映画を撮るのが夢だったんです」

ハルは小学校時代から映画が好きだったらしい。乙羽さんはハルが楽しそうに映画を語る姿に影響を受け、自身も興味を抱くようになった。

ハルは中学進学を機に映画部を設立した。同級生や上級生を巻き込んで活動をはじめたが、結果は散々だったという。

「ハル監督の厳しさに誰もついていけず、次々と部員が脱落していったそうです」

それでもハルは、残った部員と協力して一本の映画を完成させた。鑑賞した乙羽さんは素晴らしい出来だと考えたが、ハルは納得していなかったという。

「その頃、ハル監督には家族の問題も起きました」

ハルと同居していた祖父が認知症になり、家族は介護に追われたという。優しかった祖父は人格が変わり、暴れたり徘徊《はいかい》したりするようになった。介護ヘルパーに応援も頼んだが、人手不足のため充分な手が回らなかった。

「撮影がうまくいかなかったことも重なり、映画部は一年経たずに解散しました」

その後は両親と協力して祖父の身辺の世話をしていたそうだ。

ハルは学校が終わるとすぐに帰宅し、日に日に症状が悪化する祖父の介護を続けた。ハルの自宅から祖父のものらしき叫び声や暴れる音が聞こえるのを乙羽さんは何度も聞いたという。顔に殴られたような怪我を負っていたときも、ハルは何でもないよと明るく笑っていたそうだ。

そしてハルが中学三年の夏頃に、祖父は亡くなった。以降は受験に専念し、高校に進学した後は目覚ましい成果を収めることになる。

「ハル監督の役に立ちたかった。中学で部活が解散したのは残念ですが、当時の私が入部してもきっと役に立たなかったでしょう」

乙羽さんが手に力を込めるとスチール缶が凹《へこ》んだ。ガンマイクを自在に操り、音響機器を持ち運ぶために握力が強くなったのだろう。

「ハル監督に耳がいいって褒められたことがあるから、音響のスペシャリストになるために勉強を重ねました。去年もハル監督が映画部に入ったと聞いて、無理を言って何度も現場のお手伝いをさせてもらいました。だけど私は、自分が未熟だってことを忘れていたみたいです」

乙羽さんがコーヒー缶を放り投げると、空き缶用のくずかごに入った。乙羽さんがガッツポーズを取る。

「やるべきことを思い出せました。くよくよしている暇なんてありません。もっと基礎を学んで、音に対する感度も上げます。少しだけ気が晴れました。話を聞いてくれてありがとうございます」

乙羽さんはお辞儀をすると、駐輪場で自転車に跨がる。

「今回のハル監督はいつもと違う気がするんです」

「毎回あんな感じじゃないのか」

乙羽さんは暗い顔でうなずいた。

「私もうまく言葉にできません。でもハル監督が行き詰まっていたら、今みたいに話を聞いてあげてください。本当は私が役に立ちたいけど、作品を生み出す人にしかわからないこともあるはずですから」

乙羽さんがペダルを踏み、駐輪場から遠ざかっていく。それぞれが目的を抱き、映画作りに本気で取り組んでいる。無果汁のジュースは甘みが強く、香料の匂いがきつかった。人工的な味を感じながら、月も星も隠れた暗い空を見上げた。

2

翌日の日曜も、朝から撮影がスタートした。

民家での撮影で、部員が住んでいる一戸建て住宅を使用させてもらうことになった。高校から近いことに加え、適度に古びた外観が原作の雰囲気に合っていたのだ。部員が家族に説明したところ、使用を快諾してくれた。

ただ、出演者や部員の数人が家庭の事情によって午後に用事が入っていて、全員での撮影は午前で終了する必要があった。

早朝に集まり、屋内の廊下や曲がり角などに毛布を敷く。使わせてもらう以上、傷をつけるわけにはいかない。そのため機材を置く床や畳も毛布で「養生」する。力仕事を手伝った後はノートに天気や時刻をメモしていく。空は曇りで、太陽の光が弱かった。

今日の撮影は昨夜から楽しみだった。前半部分の見せ場であり、思い入れの強い場面なのだ。ただ室内での会話が主で、動きが少ないため単調になりそうだ。絵コンテによれば、アングルを細かく切り替えて緊張感を保つつもりらしい。

ハルは動き回りながら録音スタッフやカメラマン、照明スタッフに指示を出していた。全てをハルが決めている。それは中学時代の経験が根底にあるのかもしれない。

役者をテーブルの席に座らせ、前日のように三脚とカメラが設置される。画面を覗きこみながら、ハルと亀山先輩が話し合いをしている。

「桜の服の白を、目が覚めるような白に見せたいんです。奥の扉を開けて、あっちの部屋の電気を消せば背景が暗くなります。その上で服に照明を当てようと思うのですがどうでしょう？」

「それで試してみよう。あの置物は色が明るくて邪魔だから移動だな」

今日の杏奈は白のワンピース姿だった。美術スタッフが力を込め、原作通りに再現してくれた原作者一押しの衣装なのだ。ハルが家主に話しかけた。

「照明のためにコンセントをお借りします。ブレーカーが落ちたり、ノイズが入る可能性があるので、電子レンジやエアコン、炊飯器などの使用は控えてもらえるようお願いします」

家主の了解を得た上で、どこかのお土産らしい黄色いネコの置物は画面外に運ぶ。ハルの指示で照明スタッフが機器を設置する。鉄のポールの先にライトがついていて、プラグを入れるとすぐ白色の強力な光が点《とも》る。角度を調整すると、杏奈のワンピースが光を反射した。しかしその分、杏奈の顔に不自然な影が生まれる。

「手の空いている人はレフをお願い」

ハルがまた指示を出す。ぼくの足元にレフ板があった。発泡スチロールに銀紙を貼りつけたお手製だ。今日の撮影は屋内なので参加人数が絞られている。拾い上げるとハルがすかさず言った。

「ナオトでいいか。顔を照らしていてください」

「ええっ」

亀山先輩がカメラから離れ、ぼくからレフ板を取り上げた。カメラに入らない場所にレフ板を設置すると光が反射され、杏奈の顔の陰影が柔らかくなった。

「この場所で支えてろ。画面には入るなよ」

「わかりました」

しゃがみ込んで受け取り、レフ板を同じ位置で保つ。辛い体勢を耐えるが、それ以上に眩《まぶ》しく、しかも非常に熱いことに気づく。役者は途轍もない明るさと熱の中で平静を装いながら演技していることを知り、邪魔にならないよう全身に力を込めた。

入念なリハーサルの後、撮影本番が行われる。ぼくはスクリプターとしての仕事をしつつ、シーンによってはレフ板持ちも手伝った。

江木沢くんは舞台用から映画用の演技に切り替えている。まだぎこちなさは感じられたものの、うまく適応しているようだ。

レフ板を担当して、初めて気づいたことがあった。細かな表情の変化や息遣い、手の演技など、役者は画面におそらく入らない部分も含めて身体の全てを使って演技をしている。至近距離で演技を見ることは勉強にもなった。

撮影は進み、最大の見せ場である杏奈が台詞を言うシーンが訪れる。杏奈演じるヒロインが「私を騙《だま》してたんだね。あなたみたいな嘘つき、大嫌い」と詰め寄るのだ。原作でもヒロインの顔をアップにして大きなコマを割り振っている。

物語では空は桜を傷つけたくないため、能力を使ってもらいたくない。だから味方をするふりをして、桜が救おうとした相手の居場所について嘘をつく。しかしそのせいで、その相手が不幸に見舞われる。桜は避けられたはずの悲劇を目の当たりにして激昂《げっこう》する。その結果、桜は空に対してひどい言葉を投げつけてしまうのだ。

テーブルに二人が座っている。江木沢くん演じる主人公の台詞を受けてから数秒の間を空け、杏奈の台詞に入る流れになる。時計の針は十一時過ぎを指している。片付けを含めれば、撤収予定時刻は近かった。だけど残るはクライマックスの一場面だけだ。

江木沢くんの台詞を受け、照明スタッフがライトから伸びるケーブルのプラグを抜いた。スイッチがないためオンオフが手動なのだ。室内が暗くなる。次は杏奈の台詞だ。しかしなぜか口を開いたまま何も言わない。一同が不審に思いはじめると、杏奈は急に照れ笑いを浮かべた。

「カット」

ハルの号令で撮影が止まる。杏奈が周囲に謝るが、これまでの撮影でもNGは何度も起きている。杏奈は素人ながら出演者では最も失敗が少ない。ハルやスタッフたちは気にしていない様子だった。杏奈が脚本を読んで台詞を確認していた。

「ではじめます。……スタート」

同じカットが再び撮影され、江木沢くんも杏奈も順調に演技をしていた。そして先ほど失敗した場面に差しかかった瞬間、またしても杏奈が黙り込んだ。

この時点ではスタッフは誰も心配していないようだった。しかし三度目も同じ箇所で台詞が止まり、これはおかしいという空気が流れはじめた。

時計は正午に近づき、制作進行の顔に焦りが浮かびはじめる。ハルが手招きすると、杏奈が困惑した表情で近づいてきた。

「何か理由でもあるのですか？」

「ごめんなさい、自分でも謎なんだ。台詞は頭に入っているのに、あのシーンになると頭が真っ白になるの」

休憩を挟み、最後の一回が撮影される。しかし最後まで言えたものの、焦りが演技に出たせいで早口になっていた。カットをかけた後、ハルは映像を見返さずに告げた。

「今の場面は後日撮影します。今日は解散します。ありがとうございました」

結局見せ場のシーンはNGになった。本来なら家を借りての撮影は全て終わらせるはずだった。だけどハルと制作進行が家主に事情を説明し、後日に撮影をしたいとお願いした。幸いなことに快く許可をしてくれて、撮影隊は解散となる。

壁や柱を傷つけないよう慎重に片付けを進める間、杏奈はずっと暗い表情を浮かべていた。片付けを終えて家から出ると、空は変わらずに雲で覆われたままだった。

帰り支度を整えていると、ハルと杏奈が先に部室を出ていった。今日の演技に関する相談だろうか。気になったが自宅に戻り、執筆に取りかかる前に気持ちを高める目的で『ソラニン』を書棚から引っ張り出した。

浅野《あさの》いにおの作品では初期のこのマンガが一番好きだった。写真を加工したと思われる緻密な背景は現実世界に登場人物がいるように感じさせ、モノローグや表情は、人の気持ちは繊細で複雑だと感じさせてくれる。

作中では二十代前半の人たちが夢を追い、現実に翻弄されていく。まだ十代で夢を抱き、親に養われているぼくには、登場人物の葛藤は理解しきれないのかもしれない。でもこの作品を読むと、人の心がどこまでも自由で、どんな場所にでもたどり着けると信じたくなる。

一巻に収録された最後の話がはじまったところで、スマホにメッセージが届いた。確認するとハルで、前に立ち寄ったドーナツ屋に来てほしいと書かれてあった。

すぐに行くと返事をして自転車に飛び乗る。

湿度が高く、ペダルを漕ぐと背中に汗をかいた。十五分で到着し、ガラス張りの店内を覗きこむとハルが待っていた。頭痛をこらえるみたいに手で頭を押さえている。体調不良かと思い慌てて入店するとハルは顔を上げた。

「早かったね」

ハルはいつも通りの笑顔を浮かべる。

「急いで来たからな。具合でもわるいのか？」

日曜午後の店内はそれなりに混雑している。店内には聴き覚えはあるけどアーティスト名のわからない洋楽が流れていた。

「体調は全く問題ないよ。それより、杏奈のことで話がしたいんだ」

「……わかった」

相変わらずハルは、身体の調子に関しては聞いてほしくない素振りだ。ドーナツとオレンジジュースを購入して席に戻る。ハルの前に水を置き、店内を再び見渡す。

「杏奈はいないんだな。てっきり一緒だと思ってた」

「さっきまでそこに座っていたけど、用事があるらしくて帰っちゃったんだ。演技の件で相談していたんだけど、杏奈も原因がわからなくて戸惑ってた。自分で何とかしてみるとは言っていたけど、あんなに切羽詰まった杏奈は初めて見る。ナオトは付き合いも長いし、心当たりがないかな」

「正直全くわからない」

ぼくに演技の知識がないと承知した上での質問のはずだ。それでも聞いたのは、それだけ杏奈が映画にとって重要だからだろう。ハルがひたいに手を当てる。

「本人は今、意識せずに才能を発揮している。自覚がない分、崩れるときも一瞬なんだと思う。やれる理由がわからないから、立ち直る方法も見つけられないんだ」

ハルの背後に仕切りがあり、他校の男子生徒の集団がいた。店内でも一際声が大きく、教師の悪口で盛り上がっている。ハルは目の下に隈《くま》がうっすらとできていて、顔の血色もよくない気がした。眼光も心なしか弱い気がする。

「映画を撮るとき、ハルはいつもそんなに気を張ってるのか？」

「……わたし？」

ハルが不思議そうに聞き返した。杏奈ではなく、自分について触れられると想定していなかったのだろう。

「一人で全部背負って、これから本当に心と体が持つのか心配になる」

ハルは目を見開いて、しばらくそのまま固まる。テーブルの上のカップに手を伸ばし、口に運ぶ。だがすぐに空であると気づき、ぼくが用意した水を飲んだ。

「わたしはいつだって全力だよ。だけど今回はいつも以上にしんどいかもしれない」

「トラブルが原因か？」

撮影場所の工事や降雨、ヒロインの演技など開始直後から問題が続出している。しかしハルはあっさりと首を横に振った。

「あの程度のトラブルは撮影につきものだよ。でも問題は他にあるんだ。撮影した映像を見返しても、何かが違う気がして……」

「何か？」

ハルは素材に納得していないらしい。

「みんなも今まで指示通りに動いてくれていて、頭の中にある完成形には近づいている。だけど違和感が拭い去れない。うまく言えないけど、ぬめっとしていてカチッとはまってくれない。こんなの初めての経験なんだ」

ハルは直後に気まずそうな表情を浮かべる。その顔を前にして、思わず笑みがこぼれた。するとハルが急ににらみつけてきた。

「人がこれだけ悩んでいるのに、何がおかしいの」

「本当にごめん。でもハルは今まで理論立てて映画について語っていたからさ。急にぬめっとかカチッとか抽象的なことを言い出したのを意外に思ったんだ」

「初めてだから他に表現のしようがないんだよ」

不機嫌そうに顔を背けるハルは、どうやら自覚があったらしい。

「やってることがおかしくないか？」

「さっきから突っかかるね」

「行動に一貫性がないんだよ。今までのやり方を貫くなら、どうしてぼくの原作を選んだんだ。今までの殻を破りたくて、新しいことに挑戦するためじゃないのか？」

ハルが顔を強張らせる。しばらく沈黙した後、コップの水を一気に飲み干した。

「ナオトの言う通りだ。未知の方法が困難なのは当然だよね。わたしは気づかないうちに楽をしようとしていた。これを乗り越えなくちゃ、新しいものなんて手に入らない」

顔を上げたハルにはいつも以上の目力があった。復活を心から嬉しく感じる。男子生徒たちの声は相変わらず大きいが、あまり耳に入らなくなった。

「それでどうするんだ？」

ハルが目を輝かせて身を乗り出した。

「行き詰まったときは原点に立ち返るのが王道だよ。『春に君を想う』について深く知ることが、遠回りに見えて近道だと思うんだ。というわけで、このマンガが描かれた経緯を教えてよ」

「そんなことを聞いても意味ないだろう」

ハルの興味がぼくに向かうのは予想外だった。

「お願い、きっとそこにヒントが隠されている気がするんだ」

有無を言わさぬ口調に逆らえそうになかった。ぼくはドーナツを飲み込む。男子生徒の一行はいつの間にかいなくなっていた。

「わかったけど、退屈だし重い話だぞ」

観念したぼくは、『春に君を想う』の成りたちを説明する。

マンガ好きな父さんに作品を読んでもらっていたこと。そんなある日、突然『春に君を想う』を思いついたこと。だけど読んでもらう前に父さんが姿を消したこと。

そんな身の上話に、ハルは腕組みしながら耳を傾けていた。

「なるほどね。話を聞く限り、『春に君を想う』はナオトのお父さんと密接に関わっている可能性が高いな。それでお父さんは今何をしているの？」

いつの間にか店内が閑散としていた。店員がテーブルを回って拭き掃除している。

「わからない」

父さんからの連絡は一度もない。死んでいないとは思うけれど、何をしているかは全く知らなかった。するとハルはテーブル越しに顔を接近させてきた。

「お父さんに向き合うべきだよ。それはナオトのために必要なんじゃないかな」

「でも……」

父さんのことについて、まだ気持ちを整理できていない。ハルの気遣いをありがたく思うけれど、調べることは抵抗があった。

煮え切らない態度を取っていると、ハルが急にテーブルを叩いた。

「じれったいな。わたしは『春に君を想う』の本質を知りたいの。映画のクオリティを高めるために、さっさとお父さんのことを調べろ！」

「それが本音か。お前、鬼だな！」

ぼくの絶叫に対し、ハルは不敵な笑みで言い切った。

「当たり前でしょう。映画のためなら鬼にだってなるよ」

やはり創作に懸ける情熱では、ハルに到底及ばない。だからこそ近くにいたいと思ったのだ。渋々うなずくと、ハルは全身全霊のガッツポーズを取ったのだった。

3

母がリビングで発泡酒を飲んでいた。時刻は夜八時で、テレビでは地上波のドラマが流れている。今まで意識していなかったが、映画の映像に較べると画面全体が明るく、陰影が少ないことに気づかされる。二つのコップに冷えた麦茶を注ぐ。

「父さんについて教えてほしいんだ」

まだ六月なのに、日中は三十度近くまで気温が上がった。その影響で日が落ちても蒸し暑さが続いている。出したばかりの扇風機が首を振っている。母は訝《いぶか》しげな様子でコップに手を伸ばした。

「急にどうしたの？」

「前から聞かなくちゃいけないと思ってたんだ」

人気俳優が演じる刑事が、犯人に向かって説教をしている。母がリモコンでテレビを消し、座布団に姿勢を正して座り直す。

「何が知りたいの？」

ぼくも自然と背筋が伸びる。

「どうして父さんは家を出ていったのか」

母が申し訳なさそうに目を伏せ、発泡酒をテーブルの上に置いた。

「あれ以来、あの人のことはタブーになっていたね。あんたには申し訳ないと思ってる。一番の理由は私との関係で、その次はうちの両親だと思う」

「佐藤のおじいちゃんとおばあちゃんが?」

「うちの両親って性格がきついよね。あの人とは昔から折り合いがわるかったんだ」

母方の祖父は頑固な気質で、母の実家に行くとぼくはいつも緊張する。遠方にある地方都市で土木関係の会社を経営していて、良く言うと親分肌、悪く言うと独善的な性格だった。父さんのことを事あるごとにあしざまに言うため、前々から苦手だと感じていた。

「でも、さすがにそれだけじゃないとは思う。詳しく聞いていないけど、仕事先でも苦労していたみたい。でも理由は結局教えてくれなかった。急に姿を消したかと思ったら、弁護士を通じて離婚届を送ってきたから」

離婚に至った経緯を聞くのは初めてだ。それくらい父に関する話題は家庭内で避けられてきた。

「胸の裡《うち》に全部抱え込んで、何も教えてくれない人だった。私もあの人について何も知ろうとしなかった。あの頃は夫婦の会話もほとんどなかった。でも、一緒に暮らしていたのに何も語れないことが、私から離れた原因なのだと思う」

父さんが姿を消す数ヶ月前から、母は結婚を機に辞めた仕事に復帰していた。そのせいか夫婦の会話が極端に減っていたことを、ぼくは子供ながらに感じ取っていた。母が冷蔵庫から発泡酒を新たに取り出した。プルタブを開けると炭酸の抜ける音がした。母は発泡酒を飲むとき、いつもまずそうな顔をする。

「あの人について知りたいなら、あちらのご両親に会うべきだと思う。私に打ち明けてくれなかった悩みも、実の親には話していたかもしれないから」

「わかった。教えてくれてありがとう」

ただ、父さんは久瀬の家にも帰ってきていないと聞いている。父さんが姿を消して以来ぼくは父方の祖父母とは疎遠で、高校に入学したときの顔合わせが最後だった。父方の祖父母はぼくを可愛がってくれた。だけど父さんの件があった際、何度も申し訳なさそうに頭を下げていた。

連絡先を母から教わる。母がテレビをつけるとCMが流れていた。テレビドラマ以上に役者に当てられた照明が強く、絵作りがシャープな気がした。

部屋に戻って窓を開け放ち、こもった空気を追い出す。それからハルに電話をかけた。

「もしもし」

「どうだった？」

「母さんからは具体的なことは何も聞けなかった。もっと詳しく知るために、父方の祖父母を訪ねるつもりだよ」

「そっか。おうちはどこなの？」

「久瀬の家――、ぼくの昔の苗字なんだけど、電車で片道一時間くらいの距離かな。小学校までは父と一緒に何度か遊びに行っていたよ」

「ああ、ペンネームの久瀬ナオトは前の苗字だったんだね」

ぼくは通話しながら、書棚にある吉田秋生《よしだあきみ》『海街diary』の背表紙を見つめた。鎌倉で暮らす姉妹の姿を美しい景色と共に描いた作品だ。作中には父親に捨てられた娘たちが登場する。父さんがいなくなった後もコミックスが出ているはずだが、ずっと買えないでいる。

「わたしも一緒に行っていい？」

「はっ？」

ぼくが祖父母と会うのにハルが同行する意味がわからない。

『春に君を想う』は、お父さんとの思い出が元になってるんだよね。それなら昔訪れた場所には撮影に相応しい景色があるかもしれない。ロケは難しいけど、撮影くらいはしておきたいんだ」

「わかったよ」

断っても無理やりついてくるに違いない。いつだってハルは、映画のことで頭がいっぱいなのだ。

来週から四日間にわたる期末テストがはじまる。ハルは試験期間中も映画を撮りたいのだろうが、当然なことに部活動は禁止されている。

話し合いの結果、試験の最終日に祖父母の家を訪れることにした。金曜の放課後は試験から解放された生徒が遊びに繰り出す日であり、翌日の土日には撮影が入っている。

電話を切り、息を吐く。父さんとは向き合わなければいけないと思っていた。だから映画のためとはいえハルには感謝していた。この行動が作品のためになるのか、正直わからないけれど。

書棚にある『海街ｄｉａｒｙ』のコミックスを開く。吉田秋生の描線はシンプルで柔らかく、どのようにペンを運べば再現できるのかわからない。坂道の多い鎌倉の景色は見たことはないのに、どこか懐かしい気がした。

父さんがいなくなってから、久瀬の祖父母と会うときは毎回こちらまで来てもらっていた。ぼくは目を閉じる。数年ぶりに訪れる父さんの故郷はどんな風に見えるのだろう。まぶたを閉じても、昔の記憶はぼんやりとしていた。

試験最終日は午前中で終わった。教室は解放感に満ちた生徒たちが騒いでいたり、試験の出来に絶望したりしていた。クラスメイトから誘われたカラオケを断り、帰宅してから着替えて駅に向かう。

梅雨明け直後の太陽は、完全に夏の勢いだ。映画の出演者には日焼け止めのクリームを塗るようハルが厳命している。場面の違いで肌が焼けていたら、観客は違和感を覚えてしまうだろう。

改札前で待っているとハルがやってきた。白のTシャツにジーンズ、スニーカーというシンプルな恰好だ。電車に乗り込むと車内は冷房が利いていて、空いていたボックス席を二人で占領する。

発車ベルが鳴り、電車が動きはじめる。ぼくは眠そうなハルに訊ねた。

「試験はどうだった？」

「最悪のケースは免れたと思う。ナオトはどうだった？」

赤点を取ると夏休みに補習が入ってしまう。ぼくは高校で上の下程度の成績を保っていて、今回の手応えも同じくらいだった。

「まあまあかな。補習の可能性はないよ。でも杏奈は死にそうな顔をしていたな」

「あの子、去年も補習を受けてたからなあ」

台詞の憶《おぼ》えはいいのに、杏奈は毎回試験で苦戦している。ヒロインが補習続きで撮影ができないのでは洒落《しゃれ》にならない。

窓の外に大きなショッピングモールが見えた。十年くらい前にできた郊外型のモールである。休日になると人でごった返すが、遠くからだと巨大な城のようだった。

「杏奈の演技は解決するのかな」

「原因がわからない以上、本人に任せるしかないよ」

心配ばかりしていても仕方がない。車内では、オススメの映画やマンガについて話した。ハルはやっぱり映画に造詣が深くて、聞いていて感心させられるばかりだった。

「わたしは祖父の影響で映画が好きになったんだ」

ハルの亡くなった祖父は映画好きで、自宅には大量のＶＨＳやＤＶＤがあったそうだ。特に一九六〇年代以前の日本映画が好きで、祖父は自分の部屋で鑑賞していた。幼いハルは祖父にくっついているうちに、自身も映画好きになっていったらしい。

「昔の日本映画は本当に傑作が多いんだ。黒澤明《くろさわあきら》の作品は映像に厚みがあって目が離せないし、三隅研次《みすみけんじ》の画面作りはどのシーンを切り取ってもめちゃくちゃ恰好良い。井《いの》上梅次《うえうめつぐ》のエンタメに徹したシナリオは笑っちゃうほどだけど、あそこまで貫けることを心から尊敬する。勉強になるからナオトも絶対に観たほうがいいよ」

「日本のマンガも、映画の演出を参考に進化していったらしいな」

「視覚情報と言語情報で物語を描く二つの媒体は、表現として似通っているように思う。最近マンガの実写化が増えているのは、そういった要因もあるんじゃないかな。ナオトもオススメのマンガがあったらぜひ教えてよ」

「おっ、それならたくさんあるぞ」

お気に入りのマンガの話をすると、今度はハルも映画の話題に絡めて返す。会話は全く途切れず、時間は瞬く間に過ぎていった。

車内アナウンスが目的地の駅名を告げ、電車からホームに降りる。駅員が一人しかいない小さな駅だった。自動改札もなく、ICカードをかざすための小さな機械がぽつんと置いてある。

ロータリーは寂れていて、セダンが一台だけ停まっていた。視界に入る範囲にコンビニはなく、くたびれたウナギ屋の前でのぼりがはためいていた。

「作中に出てくる駅前に似ているね」

駅舎を目にしたハルがつぶやく。『春に君を想う』には数コマだけ駅前ロータリーの場面がある。久瀬の家の最寄り駅はその背景に似ていた。意識して描いたのではないのに、父さんとの思い出が勝手に出てきていたのだ。

作品に無意識が表出する事実に、背筋が寒くなってきた。

「創作物には自分自身が勝手に出てしまうんだな。それなら経験していないことは、うまく描けないのかな」

「何でもかんでも経験なんてしていられない。わからないことは想像するんだよ」

「それだと限界があるだろう」

「それでもやっぱり想像するしかないんだよ。どうしても足りなかったら、自分の中から似た経験を引っ張ってきて補うしかない。その上で本物みたいに演出するの。観た人が信じた時点で、それは作品として本物になるんだ」

「嘘にならないかな」

「創作物は基本的に全部嘘だよ。でも作り話だからこそ真実以上の力を持つことだってある。受け手の心を揺さぶることができれば、虚構は真実にだって負けないんだ」

ぼくは今、自分の内側に何があるかわからない。だから創作物に向き合えないでいるのかもしれない。父さんについて知ることは、自分を知ることに繋がるのだろうか。そしてそれは作品に活かされるのだろうか。

久瀬の家までは徒歩で二十分くらいかかる。景色を眺めながら歩き、ハルにはどこかで待ってもらう予定だった。

スマホで調べた限り、喫茶店や図書館など時間を潰す場所はありそうだ。駅から離れようと歩き出すと、突然自動車のクラクションが鳴った。顔を向けると一台だけ停まっていた車の運転席から、見覚えのある人物が降りてきた。

「おじいちゃん？」

グレーのジャケット姿の祖父が、しっかりした足取りで近づいてくる。助手席から小柄な祖母も降りてきた。二人とも手入れの行き届いた落ち着いた色合いの服装だった。

「ナオくん、遠路はるばるお疲れさま」

祖母が祖父の斜め後ろから迎えの言葉を口にする。

「どうしてここに？」

今日の訪問は母を通して伝えていたが、家まで歩いていく予定になっていた。

「この人が朝からそわそわしちゃって、駅まで迎えに行くって聞かなかったの」

祖母に視線を向けられ、祖父は居心地悪そうにしている。祖父は無口な性格だった。

すると祖母が突然、ぼくの背後をにやにやと見つめた。

「それにしてもナオくん、女の子と一緒だなんて隅に置けないわね。お連れ様がいたなら、早く言ってくれればいいのに」

並んで改札を出る姿は目撃されたはずだ。仕方なくハルを紹介する。

「こちらはクラスメイトの木崎さん」

「初めまして。木崎ハルと言います」

ハルが笑顔を浮かべ、丁寧にお辞儀をする。愛想の良さを意外に思うが、誰彼構わず映画を作るときみたいな態度を取っているわけがない。

「木崎さんは映画を撮っているんだ。それで……」

つい言葉に詰まる。ぼくが描いたマンガを原作にしていることや、原作を掘り下げるために父さんについて調べていることなど、どのように説明するべきか困ってしまう。

「この子にも我が家に来てもらいなさい」

祖父はぶっきらぼうに言うと、返事を待たずに運転席まで歩いていった。一度も振り向かずに車に乗り込む。祖母が慣れた様子でハルに謝る。

「無愛想でごめんなさいね。ああなったら、あの人は聞かないの。何もお構いできませんが、せっかくなのでいらしてください」

断るのも難しく、祖母に促されて後部座席に乗り込んだ。祖父が車を発進させる。車中でハルは社交性を発揮して祖母との会話を弾ませていた。

外の景色を眺める。交番やスーパーなどありふれた田舎の光景が続く。どれも知っている場所ばかりだ。様々な景色が記憶を刺激し、ここに何度も来たことがあると実感させられる。

しばらくして車は住宅街の一軒家にある車庫に入った。父が生まれ育った家は特徴のない建て売り住宅で、ぼくが小学生の頃と何も変わっていない。

玄関を上がると、懐かしい匂いがした。居間に案内される。蛍光灯がくたびれているのか部屋が暗い気がした。壁に掛けられた古びた時計は、『春に君を想う』の作中で描いたものとデザインが似ていた。

祖母はジュースとケーキを用意してくれた。箱にはショートケーキとモンブラン、チーズケーキが入っている。孫が選べるようにたくさん買っておいてくれたのだろう。

ケーキを食べながら、座布団の上で背筋を正した。

「母さんから連絡はあったよね。今日来たのは父さんについて聞くためなんだ」

祖父母の表情が曇る。そのときハルがテーブルの下で、ぼくの拳に手のひらを載せてきた。突然のことで驚くけれど、自分の手が震えていることに気づいた。父さんのことを聞くだけなのに、ぼくはこんなにも怯えている。

「直久《なおひさ》の何を知りたい」

直久は父さんの名だ。祖父の口調は常に重苦しいため機嫌が推し量れない。

「家族を捨てた理由」

眉間に皺を寄せ、祖父はあぐらをかいたまま頭を下げた。

「せがれをあのように育てたのは全て私の責任だ。そのせいでお前には辛い思いをさせた。本当に申し訳なく思っている」

「やめてよ。謝られるために来たんじゃない。理由を知りたいだけなんだ」

父さんの話題になると祖父母はいつも謝罪をはじめる。成人した息子の行動に責任を感じる必要はないと思うけれど、親として謝らずにはいられないのかもしれない。

顔を上げた祖父は話しあぐねている様子で、祖母が代わりに口を開いた。

「正直に言うと、私たちにもはっきりしたことはわからないの」

祖母が話し出したのは、父さんの生い立ちについてだった。

内容はありふれていた。小中高と進学し、一浪してから大学入学を果たした。学生時代は特別に成績優秀だったわけでなく、部活で輝かしい成績を残したわけでもない。心優しいけれど優柔不断な、ごく普通の少年だったという。

趣味はマンガを集めることくらいで、問題を起こさず成長して一般企業に就職をした。その後は友人の結婚式で出会った母と結婚し、しばらくしてぼくが生まれた。

そこで父さんに転機が訪れる。県内に地盤を持つ大きな企業に転職したのだ。姿を消す前に働いていた会社のことだ。

「向こうの親御さんは社長さんでしょう。あの子が前に勤めていたところが不満だったみたいね。負い目を感じて、知名度があって給料も高い会社に職を変えたのよ」

祖母が辛そうに息を吐いた。

「あの子はのんびりした性格だから、競争の激しい会社は合わないと思ってたわ。それであの子、会社で大変なことがあったらしくて」

「そうなの？」

仕事で苦労していたことは母も匂わせていた。

「離婚する少し前かしら。一度うちに来たことがあるの。会社で辛いことがあったと教えてくれたけど、詳しいことは何も言わずに帰っていったわ。あの子は全部抱え込む性格だから、もっと聞き出しておくべきだったわ」

「男が決めた仕事なんだ。辛くても投げ出したりしては駄目だ。あいつは昔から追い詰められると逃げ出す癖があった。私がもっと厳しく叱るべきだった。僚次《りょうじ》と同じように育てたのに、どうしてこうも違うのか」

　祖父の物言いはあくまで手厳しい。父さんには僚次という弟がいる。家族と一緒に海外にいて、日本に帰ってくることはあまりない。父さんは叔父についてあまり語らず、兄弟間の交流は希薄だった。ぼくも叔父一家とはほとんど顔を合わせたことがなく、父さんがいなくなってからは一度も会っていない。

　父さんが姿を消した原因は会社にあるのだろうか。その後はしばらくお互いの近況について言葉を交わし、ふと時計を見ると午後五時を過ぎていた。

「そろそろ帰るね」

　祖母が明らかに残念そうな表情を浮かべる。可能ならもう少し一緒にいたい。台所から漂う煮物の匂いには、家に入ってすぐに気づいていた。祖父母は孫が夕飯を食べていくことを期待している。だけど早く戻って確認したいことがあった。

「また来るから、そのときは泊まっていいかな」

「ええ、いつでもいらっしゃい」

　祖母が笑みを浮かべ、祖父は相変わらずの仏頂面のままだ。帰りも車で駅まで送ってもらうことになった。ぼくはお手洗いのため立ち上がり、用を足してから玄関に向かった。すると祖母が玄関先でハルに深々と頭を下げていた。

「ナオくんのこと、よろしくお願いします」

何度も否定しているのに、祖母はぼくたちを特別な関係だと勘違いしているらしい。ハルは曖昧に返事をして、四人で自動車に乗り込んだ。

駅に到着し、祖父母に別れの挨拶をする。電車はすでに到着していて、急いで乗り込んだ。車内はがらがらで、ロングシートに座り込んでひと息つく。発車ベルが鳴り、電車が音を立てて動きはじめる。ぼくはハルに感謝を告げる。

「今日はありがとう」

「いい人たちだったし、わたしは何もしていないよ」

「そんなことない。ハルの後押しがなければ、きっとここに来られなかった」

西の空に陽が沈みかけていた。強烈な赤い光が車内に入りこみ、隣に座るハルを赤く照らす。ぼくは目を細め、車窓のブラインドを閉めた。

「ハルも他の人をもう少し頼らないのか?」

「どういうこと?」

ハルが不思議そうに首を傾げる。蛍光灯と夕焼けの光が混ざり、車内は柔らかな色合いに染まっていた。電車が鉄橋に差しかかり、車輪の音のリズムが変わる。

「映画のスタッフには、それぞれ担当がいるよな。だけどハルは全部自分で決めて、みんなは指示に従っているだけだ。でも監督は全員そうじゃないんだろ？」

「タイプによるよ。全員で協力して撮る人もいるし、周囲の意見に耳を貸さない監督もいるみたいだね」

「ハルはもう少しスタッフの声に耳を傾けるべきじゃないか。それによってハルが考えつかない新しい何かが見つかるかもしれない」

「ナオトの言いたいこともわかる。独善的だっていう自覚はあるんだ。だけど現場に立つと、どうしても自分の思ったほうを選んでしまう。だってわたしが決めたほうが、絶対に面白い作品に仕上がるから」

　ハルの表情は固かった。これだけ断言できるのは、勉強を重ねた上で考え抜いた自負があるからだ。そして事実だからこそスタッフも従うのだろう。

　思慮の欠けた発言だったことに気づき、ぼくは何も言えなくなる。話題を変えるため、バッグからスマホを取り出した。

「今から杏奈に連絡する。父さんと杏奈のお父さんは同じ会社で働いていたんだ」

　父さんが会社で何かあったなら、杏奈の父親から情報が得られるかもしれない。スマホを操作してメッセージを送る。車窓の外は徐々に薄暗くなってきた。

　次の駅に到着する。ここも無人駅で乗降客はいなかった。空気の抜けるような音がしてドアが閉まる。そこで杏奈から返信が届いた。

「え……」

文面に目を通し、思わず声を漏らす。杏奈からのメッセージには『おじさんに会社で起きたことなら私が知ってる』と記されていた。ぼくの反応に訝しげな視線を向けたハルも、文章を見せると目を瞠《みは》っていた。

帰りの片道一時間を、行きよりもずっと長く感じた。ホームに到着した時点で辺りは暗くなっていた。改札を出ると約束通り杏奈が待っていて、隣にいるハルを見て口をあんぐりと開けた。そういえば一緒にいることを伝え忘れていた。

「おじさんの実家に行っていたんだよね。どうしてハルちゃんがいるの？」

「なりゆきかな。わたしはもう帰るよ」

そう言うとハルは駅前から早足で離れていった。ハルは少し顔色がわるかった。長距離移動で疲れたのかもしれない。杏奈がぎこちなく手を振ってハルを見送り、ぼくたちは駅近くにあるカフェに入った。

いつも通りオレンジジュースを注文すると、杏奈は一番安いコーヒーを頼んだ。隣の席では会社帰りらしい女性がパスタを頬張っている。杏奈はコーヒーに手をつけず、いつもより小さな声で事情を話してくれた。

父さんがいなくなった頃、杏奈も何があったか知らなかったそうだ。しかし中学校に上がってすぐの頃、杏奈の父親が会社の飲み会で泥酔して帰ってきた。杏奈が介抱していると、父親は過去の愚痴を語り出した。それはぼくの父さんに関することだった。

父さんは事務用品全般を扱うメーカーの開発部に所属していた。文具を開発する部門にいたらしいが、社内での評価はあまり高くなかったという。企画は大半が没になり、商品化してもあまり売り上げに繋がらなかったそうだ。

父さんは昔から文具が好きだった。マスキングテープや付箋、メモホルダーなど様々な新製品を提案し続けていたという。だけど会社は売れないと判断して採用されてこなかったようだ。

そんな折り、若い女性を中心にマスキングテープの人気が急速に高まった。可愛らしいデザインでデコレーションするのが流行しはじめたのだ。

突然の流行を受け、会社でも文具事業を拡大することになった。マスキングテープを含め、文具は父さんの専門分野だ。文具全般の研究を重ね、素材の知識や過去の流行、市場動向など社内の誰よりも詳しいはずだった。

会社は新たなプロジェクトチームを立ち上げた。社内から優秀な人材が集められたが、そこに父さんの名前はなかった。

杏奈の父親の話では、成長が見込める事業だったため、社内での権力争いなども絡んでいたそうだ。父さんは会社に掛け合い、他の社員からも参加させるべきという声が上がったらしい。だが決定は覆されなかった。

程なくして父さんは会社に退職届を提出した。ぼくの家から姿を消す直前の出来事らしい。文具事業は現在も売り上げを伸ばしているという。

「私のお父さんは新チームに配属された一人なの。でも会社の指示に従うことを選んで、おじさんをチームに引き入れることはしなかった。お父さんは酔っ払いながら、おじさんにわるいことをしたって謝っていたんだ」

うつむきながら声を震わせる杏奈は、普段とは別人のようだった。グラスに入ったジュースは氷が溶け、色が薄まっている。

「おじさんがナオトの家から出ていったのは、きっとそのせいだよ。知った時点でナオトに伝えるべきだったのに、お父さんも関わっているから言えなかったんだ。本当にごめんなさい」

「会社のせいだと決まったわけじゃない。あの頃の父さんは母さんや義理の両親とうまくいかなかったり、色々あったみたいなんだ。杏奈が気にする必要はないよ」

ぼくは努めて優しい声を出した。母や義父母との不和や会社での仕打ちなど、当時の父さんには多くのストレスが重なった。どれが父さんに逃げ出す決心をさせたのか、結局は本人に聞くしかない。ぼくは席を立った。

「教えてくれてありがとう」

「どこへ行くの？」

「一人で考えごとをしたいんだ」

杏奈は今にも泣きそうな顔でカフェを出るぼくを見送った。地元は治安も良く、夜に駅前を高校生が一人で歩いても大した危険はない。見回りの教師に見つかる可能性はあったけれど、そのくらいの緊張感はもやもやとした気分にちょうどよかった。

しばらく夜道を歩き回り、小さな公園を発見した。ブランコがあったので、ひさしぶりに腰を下ろす。子供用なので座面が低くてバランスを保つのに少し手間取った。

何度か揺れていると、昔のことを徐々に思い出してきた。

どのくらいブランコに座っていたのだろうか。公園に人が入ってきた。

街灯に照らされ、ハルが近づいてくる。

「どうしてここがわかったんだ？」

「ちょっと心配で、駅の近くで待機していたんだ。それで杏奈に連絡してみたら、ナオトが一人で出ていったって聞いたから」

探し回ってくれたのだろうか。空は雲で覆われていて、月も星も見えない。ハルは隣のブランコに座り、鉄の鎖を両手で握りしめた。

しばらくブランコを漕いでから、ぼくは足を地面に擦りつけて止まる。

「色々思い出したんだ」

小学六年のぼくは家族のことをちゃんと見ていた。だけどなぜか今までずっと忘れていた。ハルは勢いよくブランコを漕ぎ続けている。

「母さんの仕事は順調で、働いてすぐに父さんの給料を追い越したんだ」

その事実を母は夕食の場で告げ、父さんに対してもっとがんばりなさいと発破をかけた。さらに給料について自分の祖父母に報告した。

母方の祖父母は父さんに対して、情けないと嫌味を言った。祖父が「甲斐性のないお前なんかもう用済みだな」と言い放ち、母はその場にいたのに父さんをかばうことはなかった。

だけど母たちだけじゃない。久瀬の祖父母も事あるごとに、父さんと叔父を比較していた。国際的な企業で働く叔父は、祖父母にとって自慢だったのだろう。

ぼくはハルに、先ほど杏奈から教わったことについて説明した。ふいに腕に痒みを感じる。いつの間にか登ってきたらしく、腕を一匹の蟻《あり》が這《は》っていた。

「そんな状況で、父さんは会社に裏切られた。いなくなる直前、お前だけは俺の味方だよな。俺を捨てないよなってぼくに言ったことがあるんだ。あれは追い詰められた末に、幼い息子にすがるしかなかったんだなって、今ようやく気づいたよ」

どれか一つではないのだと思う。たくさんの要因が父さんを追い詰めた。社会人になれば珍しくないことなのかもしれないけれど、きっと重圧に負けてしまったのだ。

「切羽詰まった様子が怖くて、ぼくは何も答えられなかった。でも父さんが心配で、元気になってほしかった。だから他の方法で伝えることにしたんだ。ぼくだけは味方で、絶対に離れたりしないって」

そしてぼくの頭に『春に君を想う』が降りてきた。あのマンガは父さんを励ますために生み出されたのだ。目頭が熱くなり、ぼくは両手で顔を覆う。

「支えになりたかったのに、父さんはぼくを捨てた。ぼくだけじゃ駄目だったんだな」

真横でブランコが止まる音がした。立ち上がり、ぼくの背後に回る気配がした。ハルがぼくの肩に手を添える。

「誰かに寄り添おうとする気持ちこそが、『春に君を想う』の本質だったんだね。どうしてあれだけの力を持つのか、片鱗がわかった気がする。多くの人に向けて作られた作品が、狙い通りに何千万人を巻き込むことはある。だけど逆に特定の個人や集団みたいな、狭い範囲をターゲットにした作品が、研ぎ澄まされた結果としてたくさんの人の心を貫くこともある」

ハルの手は不思議な熱を持っていた。触れたところからじんわりと温かさが広がり、気持ちが安らいでいく。

「『春に君を想う』の持つ力の源泉は、お父さんただ一人のためだけに作られたことにある。ナオトが原作に込めた気持ちを、きっと映画でも表現してみせる。物語が持つ一番大切な部分は、絶対に守ると約束するよ」

「ありがとう」

自然と笑みがこぼれた。励ましにも映画に絡めてくるところを、とてもハルらしいと思った。夜風が心地良く頰を撫でる。蛙《かえる》たちの大合唱が響き、夏の到来を告げていた。

4

その日の晩、杏奈が映画部のSNSのグループトーク機能にメッセージを発信した。先日失敗した台詞の場面に挑戦したいという内容だった。ハルが早速部員経由で家主に確認すると、ちょうど翌日の許可が下りた。

撮るべきシーンは一場面で、元々予定を入れていた現場からも近かった。そこで午前中に立ち寄って、撮影を行うことに決まった。

翌朝、部員の自宅に映画部の面々が集合する。スタッフは最小限に済ませ、ぼくのスクリプトノートや映像を元に照明位置や小道具、衣装などが再現される。

杏奈は緊張の面持ちで目を閉じていた。昨晩カフェで目の前から立ち去って以来、一度も会話をしていない。置き去りにしたような後ろめたさがあった。

杏奈と江木沢くんが所定の位置につく。照明が調整され、役者の顔に光が当たる。すると杏奈が唐突に口を開いた。

「すぐに本番でもいい？」

リハーサルなら前回済ませている。いきなり本番でも問題ないだろうが、杏奈が気負っているように見えて心配になった。

「わかりました」

ハルが返事をすると、乙羽さんはガンマイクを天井ぎりぎりまで持ち上げた。今にも蛍光灯に当たりそうだが注意深く避けている。亀山先輩がカメラのスイッチを押した。

「カメラ入りました」

一呼吸を置いて、ハルが口を開く。

「よーい、スタート」

かけ声と一緒にカチンコが鳴り、江木沢くんが口を開く。滑らかで自然な発声だ。演技を重ねるごとに上達している。

数秒の間が空き、次は杏奈が何度も失敗した台詞になる。

「私を騙してたんだね。あなたみたいな嘘つき、大嫌い」

杏奈はあっさり成功した。その後も順調に続き、ハルがカットを告げる。

「OKです。完璧でした」

ハルは液晶画面で見返さずに言い切った。拍子抜けするくらいあっさりと、懸念していた箇所の撮影は成功した。

「やったあ！」

杏奈が飛び跳ね、ぼくはハンドタオルを渡す。気温は三十度を超えていたが、ワット数の問題でエアコンは切ってあった。さらに照明が直《じか》に当たっていることも重なり、杏奈のひたいに汗が浮いてきている。

「お疲れさま」

「ありがとう！」

杏奈が笑顔で受け取る。昨夜のことは気にしていないようだ。撤収作業を進め、原状回復をしてから家主に感謝を告げる。次の目的地はバス移動で、想定よりも早く収録が終わったので余裕を持ってバス停にたどり着いた。

ぼくはバスの後方でハルの隣に座った。空気の抜ける音がしてドアが閉まり、バスがゆっくりと発車する。車内は適度にエアコンが利いていて涼しかった。

「どうして今日は成功したんだろう」

車内はぼくたちのせいで混雑していた。杏奈は前方の一人席に座り、吊革《つりかわ》を持って立つ江木沢くんと会話している。バスがカーブを曲がり、遠心力が身体にかかった。

「昨晩のことが原因かもしれない。杏奈の台詞を思い出してみて」

杏奈は「私を騙してたんだね。あなたみたいな嘘つき、大嫌い」という台詞が言えずに苦労していた。昨晩の出来事と重ね合わせ、ハルの言いたいことに気づく。

「ぼくに対する負い目が、台詞を遮っていたってことか？」

父親について悩むぼくの姿を杏奈は目の当たりにしていた。会社での出来事を知っていたことから、嘘をついているという意識を抱き続けていたのかもしれない。疚《やま》しさが原因になり、嘘つきを糾弾する台詞を無意識に拒んでいたのだろうか。

「確証はないけど、そうとしか考えられない」

ハルは座席を強く握りしめた。人の心は豊かで複雑な分、些細《ささい》な影響で変化する。ハルは曖昧さを排除し、全てを計算した上で物語を生み出してきた。だけどそれゆえか、想定していなかった出来事に直面し、困惑しているように見えた。


次の現場は郊外にあるギャラリーや会議室、イベントスペースなどを併設した公共施設だった。イベントがあれば人でごった返すが、普段はほとんどひと気がない。幹線道路から遠いため静かで、撮影に最適なのだそうだ。

「ドリーを設置してください」

ハルの指示で台車から鉄の棒をいくつか合わせたような機材が運び出される。組み立てると電車のレールのようなものが完成し、平らなコンクリートの上に設置された。その上にT字の板が置かれ、カメラの三脚がゴムで固定される。

太陽の陽射しは強烈で、その場にいるだけで体力を削っていく。ペットボトルのスポーツドリンクに口をつけると、日の光のせいでぬるくなっていた。

ハルは疲れているような印象だった。監督という重責のせいだろうか。切羽詰まった表情に、思わず心配になってしまう。

今日は江木沢くんが杏奈の手を引いて追っ手から逃げる場面だ。桜の能力を知った悪者が私利私欲のために捕えようと企《たくら》んだのだ。亀山先輩が三脚を水平に移動させている。ドリーはレールの上で横移動しながら撮影するための道具らしい。

杏奈と江木沢くんは何度もドリーの脇を走り、ハルの演技指導を受けている。その途中で江木沢くんが小さく手を挙げた。

「あの、ちょっといいですか？」

「何でしょう」

「桜は何度も振り返りますよね。そのほうが追われる雰囲気が出るとは思うんですが、どこか違和感があるんです。堀井さんはどう思いますか？」

「そうだね。私も桜は振り向かないと思う。二人一緒なら逃げ切れると信じてるから」

話を振られた杏奈も同意する。ぼくの原作でもヒロインが振り向くコマを差し込んでいる。だが言われてみれば、後ろを向かない演出も優れていると思った。ハルは黙り込んだ後、はっきりとうなずいた。

「……確かにその通りですね。お二人の提案を元に、何度かテストをしてみましょう。では亀山先輩、今度はコマ数を落としての撮影をお願いします」

リハーサルが開始される。ドリーはカメラ助手の二年生が水平に動かしていたが、一定の速度を保つのが難しいらしく何度か失敗をしていた。

物珍しげに近寄ってくる小学生たちをサード助監督が人止めする。江木沢くんに疲労が溜まった雰囲気のメイクが施され、ハルは撮影を開始する。

色々な角度で逃走シーンが撮影される。その度にドリーが設置し直され、カメラ位置も調整された。そして何度目かの撮影でアクシデントが起きた。

乙羽さんは声を正確に拾うため、ヘッドホンをつけながら長いガンマイクを支えつつ江木沢くんたちと並走していた。

足元にはカメラや録音機器などを繋げたケーブルがたくさん伸びている。それらが絡まないようにスタッフがケーブルを捌《さば》いていた。足を引っかけると危険なので、作業は傍《はた》から見ても明らかな重労働だった。

そして何度目かのテイクで、ケーブルを避けた拍子に乙羽さんが転んでしまう。半身で地面に倒れることで、ガンマイクやヘッドホンをかばっていた。

スタッフたちが慌てて駆け寄ると、乙羽さんはすぐに立ち上がった。

「すみませんでした。機材は無事ですか？」

乙羽さんは真っ先に撮影道具の心配をした。確認すると損傷はなかった。ガンマイクを持ち上げようと腕を上げたところで、乙羽さんが顔をしかめた。

「大丈夫？」

「大したことありません。すぐにいけます」

スタッフの言葉に気丈な笑みを返すが、痛がっているのは一目瞭然だ。撮影は中断になり、女子のスタッフが乙羽さんの身体を診た。骨折の心配はないようだが、倒れた際に肩を負傷したらしい。

薬箱から取り出した湿布を貼ると、乙羽さんは表情を歪めた。

「もう平気です。撮影を止めてしまってすみませんでした」

「安静にしていなさい。無理をして悪化するのが一番迷惑なの」

ハルが命じると乙羽さんは項垂《うなだ》れた。

「……わかりました」

乙羽さんが他の部員にヘッドホンとガンマイクを渡す。それから日陰で座り込み、撮影現場を悔しそうに見つめていた。

朝から続いた撮影は負傷を除けば予定通りに進み、公共施設での最後のシーンになった。血糊《ちのり》を使う大事な場面になる。杏奈の白色の衣装が真っ赤に染まるため、ハルたちは入念にリハーサルを重ねていた。

白いワンピースは、美術スタッフが乏しい予算内で作ってくれた貴重な衣装だ。血糊で汚れるのは残念だが、物語の展開上外すことはできない。再び作れば時間も予算も余計にかかるため、一発ＯＫを出すしかなかった。

五度のリハーサルを経て本番に入る。杏奈に血糊袋が渡された。着色料で赤く色付けした水に、片栗粉《かたくりこ》でとろみをつけたものだ。

ハルがスタートの合図をかけ、カチンコの音が周囲に響く。緊張感を保ったまま進み、いよいよ血糊の場面が近づく。歪められた運命が限界を超え、一気に桜の身体に押しよせるのだ。杏奈の衣装が赤く染まる直前、大声が周囲に反響した。

「待ってください！」

声の主は乙羽さんで、杏奈と江木沢くんの演技が止まる。ハルがカットをかけ、撮影が中断する。スタッフたちの視線が乙羽さんに集まる。乙羽さんは肩を押さえながら立ち上がり、空をじっと見上げていた。

「どういうつもり？」

ハルが怒りの声を上げた瞬間、遠くからかすかに音が響いた。徐々に大きくなり、その正体に気づいたスタッフが声を上げた。

「救急車だ」

サイレンの音が近づいてくる。現場の真横の道路を通過して、音が変調して遠ざかっていった。その間スタッフたちは無言だった。ぼくは乙羽さんに訊ねる。

「今の音に気づいたの？」

「突然すみません。説明していたら間に合わないと思って」

乙羽さんが頭を下げる。血糊袋が破かれた後にも演技は続くはずだった。止めていなければ、盛り上がる場面でサイレンが最も大きくなっただろう。台詞は使い物にならないだろうし、緊張感を抱いていた分、演技に動揺が表れたかもしれない。

ハルが乙羽さんに近づき、肩に優しく手を置いた。

「ありがとう。陽子のおかげで失敗せずに済んだ」

監督としてのハルは常に丁寧語のはずだった。だけど素のハルが自然と顔を出してしまったらしい。乙羽さんはくすぐったそうにしながらハルを見返した。

「自分のできることをしただけです。私は全身全霊をかけてハル監督の力になります」

乙羽さんは怪我のために動けなかった。でもその状態で誰よりも音に対する感度を上げていた。耳がいいと褒められた経験も影響しているのだろう。

ハルが照れくさそうに、小さく咳払いをした。

「怪我はすぐに治してください。乙羽さんはこの映画に必要ですから」

乙羽さんが力強くうなずくと、ハルがカメラ位置に戻った。その後ろ姿を見つめていた乙羽さんが、指で一度だけ目元を拭った。

「それでは本番いきます。みなさん、よろしくお願いします!」

「よろしくお願いします!」

ハルが号令を張り上げると、スタッフたちも負けじと大声で返事をした。ハルが片手を上げた途端に現場は緊張感で満たされる。この張り詰めた空気を、ぼくは心地良いと感じられるようになった。

5

撮影が終わり、備品を片付けるため数人の部員で部室に戻る。すると直後にゲリラ豪雨が降りだした。薄い壁越しにも激しい雨音が伝わってくる。

傘を持っていないため、ぼくはひとまず帰宅をあきらめた。そこで部室の本棚にあった文庫版『デビルマン』を手に取る。有名作品だが父さんが永井豪《ながいごう》が好みでないため我が家に置いていなかったのだ。

前から読みたいと思っていたのだが、ページをめくった途端、世界に引き込まれた。緻密で残酷な心理描写と悪魔たちの迫力に圧倒され、あっという間に最後まで読み終える。もっと長いと思っていたが、文庫でも全五巻だった。

本から顔を上げ、余韻に浸る。悲しい結末は苦手と思っていたが、例外はあることを思い知らされた。

描写だけ抜き出せば悲劇的かもしれない。だけど『デビルマン』の最後のページには神話のような荘厳さがあった。この物語は悲しい結末しかありえない。残酷なラストだからこそ生まれる力が、この作品には確かに存在している。

ぼくはハッピーエンドが大好きだ。だから悲劇的に終わらせることなんて最初から考えていなかった。

今でも、『春に君を想う』の結末はハッピーエンドが相応しいと考えている。だけどさらに優れた結末を思いついて、それが悲劇的だった場合、ぼくは果たして物語を正しく終わらせることができるだろうか。

「ねえ、ナオト。この映像についてどう思う？」

ハルに呼ばれて顔を上げると、部室に他に誰もいないことに気づいた。ハルはノートパソコンの前でマウスを動かしている。いつの間にか窓は開いていて、雨上がりの涼やかな風が吹き込んできた。

席を立って画面を覗きこむと、ハルはディスプレイで二度動画を再生した。どちらも今日撮影した映像だ。

前者は全体にピントが合っていて画面も明るい。後者は背景がぼやけていて画面も落ち着いた色合いだ。同じシーンなのに、テンポ良くカットが切り替わるのと、長回しで動きが少ないといった差もあった。

「最初はわかりやすいけど軽い感じかな。誰が見ても面白いと感じる気がする。次の映像は見にくいけど、雰囲気があるから通好みって印象だな」

「そうだよね」

一番目の映像はハルの従来の方法論で撮られている。

血糊の撮影の後、再び移動して本日最後の撮影に入った。そこでハルは今までと異なる撮り方に挑戦していた。スタッフに意見を募り、取り入れた結果生まれたのが二番目の映像だった。

ハルの判断で撮影された映像のほうが、わかりやすさは上だった。だけど原作には後者のほうが雰囲気は近い。ハル自身、どちらにするべきか悩んでいるようだ。

ハルが他の映像ファイルをクリックすると、杏奈が台詞を成功させた場面が流れる。何度観ても別人のように輝いている。ぼくは杏奈演じる桜に目が釘《くぎ》づけになった。

「一時はどうなるかと心配したけど、今日の杏奈は本当にすごかったな」

「本来ならわたしが心因性だと見抜いて対処するべき案件だったんだけどね」

ディスプレイ上に流れる杏奈の映像は、本気で悲しんでいるようにしか見えない。

「陽子のことだってそうだよ。耳のいい子だとは思っていたけど、わたしが考えていたよりずっと自分を鍛え上げていたんだ」

ハルが白いワンピースが血まみれになる映像を再生する。染み一つない衣装が血で汚れる様子は、取り返しがつかない絶望感を表現していた。

「あの子のおかげで今日の撮影は救われた。わたしは自分のやりたいことだけ考えるんじゃなくて、もっとスタッフたちを見るべきだった。みんなが活躍する機会はたくさんあっただろうし、作品のクオリティも上がったかもしれない。今日は監督としての未熟さを思い知らされたよ」

「よかったな」

ぼくがそう言うと、ハルが憎々しげににらんできた。

「どうしてそうなるの」

「欠点に気づけたなら改善できる。せっかくだから他にも洗い出してみようぜ」

ウィークポイントの把握は辛いけれど、創作活動には不可欠だ。ハルは特に考える間も見せずに言った。

「理論に傾きすぎているところかな。感情とか偶然とか曖昧なものに委ねる勇気が持てなかった。わたしのやり方は機械的すぎたのだと思う」

常々考えていないと言えない早さだった。

「それは違うんじゃないか」

疑問を呈すると、ハルが意外そうに目を剝《む》いた。弱点の把握は必須だが、本当に直すべき事柄に本人が気づくのは難しいみたいだ。

「理論を貫くのは信念の強さがあってのことだろ。観客を楽しませたいっていう決意を、ぼくはすごく人間らしいと思うよ」

ハルの念頭にはＦＦＦでの苦言があるのだと思う。あの意見が間違っているとは言わないけれど、偏っていると感じている。創作物に何を求めるかなんて人それぞれだ。

「作品が優れているのは間違いない。否定的な意見を述べたあの監督は勝手な好みで、ハルに若さを求めているだけなのだと思う」

「ＦＦＦの講評、読んだんだね。今みたいに言ってもらえたのは初めてだよ」

ハルは居心地がわるそうに、口をもごもごさせている。珍しく照れているみたいだ。

背後からマウスに手を伸ばし、操作して一番目の映像を再生する。

「ハルの考える通りに作るほうが、完成度は間違いなく高くなる。今回の映画も、今まで通りに作っていいと思う」

最後まで映像が流れる。やはりクオリティは折り紙つきだ。ハルがマウスを操ると、ディスプレイに二番目の落ち着いた映像が流れた。じっと見つめながら、ハルが突然大きくうなずいた。

「決めた。新しいやり方に挑戦するよ。みんなの意見も可能な限り取り入れる。作品がどうなるか見当もつかないけど、きっと協力し合えば何とかなる」

先は長いのだから、新しく挑戦する機会はいくらでもあるはずだ。そう続けようとしたぼくは言葉を呑み込む。ハルが以前口にした「イサク」という言葉が脳裏にちらついたせいだ。

「でも……」

「だけどやっぱり怖いな」

ハルが寒い日みたいに、両腕で自分の身体を抱きしめた。

「おじいちゃんは洋画も好きで、家には色々なビデオがあった。マイナーな映画もいっぱいあったけど、わたしが一番惹かれたのはスティーブン・スピルバーグやジョージ・ルーカス、ジェームズ・キャメロンといった大作を生み出す人気監督たちだった」

ハルが列挙する監督は、ぼくでも知っている名前ばかりだった。

「ストーリーラインは明快で、登場人物も魅力があるけど類型的とも言える。それなのに随所に高度な技術がちりばめられていて、全世界の観客を熱狂させるんだ。何度観ても引き込まれるし、新しい発見がある」

普段はあんなにも大きく見えるのに、丸めたハルの背中はとても小さかった。

「みんなはわたしの映画のクオリティについてきている。無茶な要求だって、完成品が優れたものになるという期待があるから応えてくれる。でもその保証がなくなったら、撮影途中でも離れていくんじゃないかな。出来上がった後にだって、きっとみんなから失望されちゃうよ」

あれだけの実績があるハルでも不安を抱くのだ。むしろ成果を出し続けてきたからこそ失望されるのが余計に怖くなるのかもしれない。

「そうだな。そんなこともあるかもしれない」

安易に否定することも、笑い飛ばすこともできそうにない。創作の恐怖はハルほどでないけど共感できる。ハルの肩が一瞬強張る。だからぼくは、言えることだけを伝えることにした。

「でも、ぼくだけは約束する。映画が完成する瞬間までハルから離れない。ずっとそばにいるよ」

ハルが顔を上げて振り向くと、顔と顔が接近した。急に恥ずかしくなり慌てて離れる。ディスプレイに身体ごと近づけていたぼくは、後ろから抱きしめているみたいな体勢になっていた。

そこでハルが急に胸元に手を当て、前屈みになった。呼吸が荒く、ひたいから大量の汗が流れている。突然の異変にぼくは何もできず、ただ狼狽《うろた》えていた。

ハルがバッグを手探りで漁《あさ》る。紙袋から錠剤を取り出して口に放り込んだ。

「救急車を呼ぶか？」

「……平気」

ハルは背中を丸め、何度も深呼吸を繰り返す。情けないことにぼくは何もできない。しばらくするとハルの呼吸が安定し、真っ青だった顔色も元に戻っていた。ハルは大きく息を吐くと、普段通りの笑みを浮かべた。

「びっくりさせてごめんね」

「……ハルの病気は大丈夫なやつなんだよな」

「もちろん」

曖昧な問いかけに、ハルは満面の笑みで応えた。嘘なのか本当なのか、ぼくには判断がつかない。雲が流れたのか、月明かりが部屋に差し込んだ。

「最後までよろしくね」

ハルの横顔が月の光に照らされる。照明を当てられたみたいに強い陰影が生まれる。手を伸ばしたい衝動に駆られるけれど、必死に気持ちを抑えつけた。風が強くなり、カーテンがはためく音が室内に響いた。

翌日ハルは部員や役者たちに映画の方針を変更することを説明した。撮り方は亀山先輩の提案を取り入れ、ソフトフォーカスを多用するなど、原作の雰囲気を再現する方向で根本から見直すという。これまでの素材も使うが、撮り直さなくてはならない場合は二度手間になるとハルは頭を下げた。

多少の反発は予想したが、スタッフたちはハルの申し出をあっさり受け入れた。これまでも厳しい要求をしてきたのだ。方針転換はある意味同じようなものなのだろう。朝から撮影が続くが、ハルは苦慮しているようだった。何に悩んでいて、どのように解決案を提示すればいいかぼくにはわからない。スクリプターとしてただ記録していくことしかできないことが歯がゆかった。

しかしハルには多くの仲間がいる。亀山先輩や乙羽さん、スタッフたちが新しい挑戦に苦戦するハルを支えていく。今までより確実に撮影の速度は遅くなっている。だけど歯車が嚙み合う感覚が現場に流れていた。

朝から続いた撮影は夜七時に解散になった。精神的にも肉体的にも疲れ切っている。ハルは用事があるらしく先に帰り、亀山先輩や数人の部員が機材を部室に戻す係になった。ぼくは現場から杏奈と一緒に帰ることになった。

杏奈と二人きりになるのはカフェの日以来になる。新幹線の高架下を歩く。昔からあった田んぼを斜めに分断して通っているため近道になるのだ。知らない虫の声が響いている。最初は緊張したが杏奈はいつもと変わらなかった。

「ようやく現場がスムーズに回り出した感じがするね」

「杏奈もそう思うか」

「主演女優様なんだから、気づくに決まっているでしょう」

杏奈が自慢気に胸を張る。高架下から逸れ、二車線の道路を歩く。闇夜をコウモリが不規則に飛び回っていた。

「この前は一人で出ていってすまなかった」

ぼくは頭を下げる。杏奈は勇気を振り絞って打ち明けてくれたのに、突き放したようなかたちになった。もっと感謝すべきだったのだ。

杏奈はおどけた調子で肩を竦めた。

「ナオトがうじうじしているのは知っているから気にしてないよ」

「わるかったな」

駐車場の広いコンビニに長距離トラックが何台も停まっていた。周りは民家ばかりで、遠くからでも砂漠のオアシスのように光っている。この先にはしばらく店がない。二人の自宅から最も近いコンビニなので、たまに店内で遭遇することもある。

杏奈がにやにやした表情で、二の腕を軽く叩いてきた。

「それにあの後、ハルちゃんに慰めてもらったんでしょう。あの子は映画のことで頭がいっぱいだから、あんまり余計なことで負担をかけちゃ駄目だよ」

「なっ」

公園でのやり取りを知られていることに絶句する。

「あいつから聞いたのか」

「ハルちゃんはそんなこと吹聴《ふいちょう》しないって」

杏奈が含み笑いを浮かべ、後ろで手を組んでぼくの前を歩く。歩道の隣は水田で、稲が真っ直ぐ育っていた。ハルから聞いたのでなければ結論は一つしかない。

「杏奈もぼくを見つけていたのか。声をかけてくれればよかったのに」

「そうだね。ナオトの言う通りだよ。でも、なぜかできなかった」

杏奈がY字路で立ち止まる。左に曲がれば杏奈の家で、右に進めばぼくが暮らすマンションがある。杏奈の真上に街灯のライトがあった。白い光に照らされて、うつむく杏奈の表情はわからない。

「前から言いたかったことがあるんだ」

その瞬間、杏奈の声色が変わった。

張り詰めた空気に息を呑む。ゆっくり顔を上げる仕草に目が釘付けになる。ぴんと真っ直ぐ立ち、微笑を浮かべる姿を、これ以上なく美しいと感じた。

「私は、ナオトのことが好きだよ」

現実感がなく、頭にすぐに入ってこない。スクリーンの向こうで、カメラ目線の俳優が告白をしているみたいだ。だけどそれが台詞ではなく、ぼくに投げかけられた言葉であると徐々に理解していく。

「あ、えっと。その」

意味がわかったぼくは、今度は衝撃を受けすぎて何も言えなくなる。

突然、杏奈を覆っていた不思議な空気が消え去った。

「急にごめんね。返事は撮影が終わってからでいいよ。一緒に最高の映画を作ろうね」

杏奈がいつもの気安い笑みを浮かべ、踵《きびす》を返して去っていった。追いかけようにも足が動かない。立ち尽くして見送る間、杏奈は一度も振り返らなかった。

告白が頭に反響してまともに思考が働かない。杏奈の姿が見えなくなってから、ようやく自分の家に帰るため右の道に進むことができた。

6

朝から曇りがちの天気で、湿気が肌にまとわりついた。一学期の期末試験明けの月曜は、夏休みも近いため皆浮き足立っている。ハルは授業中もノートとにらめっこして、映画について考えているようだった。集中しているところ申し訳なかったが、ぼくは休み時間に声をかけた。

「ちょっと相談があるんだけど」

「何？」

「他の人に聞かれたくないんだ」

不思議そうにするハルを引っ張り出して、人のいない場所を探す。結局中庭から出て、敷地内の隅にある焼却炉跡に到着する。以前はゴミを燃やしていたらしいが、現在は使われていなかった。

「映画撮影で何かあったかな。それともマンガについて？」

「あー、えっと。そのだな」

やっぱり映画制作のことしか頭にない。そんなハルをなぜか腹立たしく感じる。同時に、ハルに相談しようとしている自分に疑問を抱く。色恋沙汰からは最も縁遠い人物だ。だけど相談相手を探したとき、真っ先に顔が浮かんだのだ。

何も言わないぼくに、ハルが不審な目つきを向けてきた。埒《らち》があかないので、腹をくくって口を開いた。

「知り合いの話なんだけどさ。そいつにはずっと友達だと思っていた幼馴染みがいたんだ。でも知り合いは突然、幼馴染みに告白された。驚きのあまり黙り込んでいたら、返事は後でいいと言われたんだ。それで知り合いは困ってしまったそうなんだ」

自分のことだと打ち明ける勇気がなかった。不自然なくらいに棒読みで早口になる。ハルが顔を強張らせた。

「どうしてわたしに聞くの」

「ぼくもコイバナに慣れていないから、女子の意見が聞きたかったんだ」

ハルが天を仰いだ。雲は厚さを増して、徐々に黒ずんできている。

「嘘が下手すぎる。演技を頼まなくてよかった」

「ちょっと待て。何か勘違いしていないか」

ハルがぼくを指さしてきた。

「それじゃあさ、その幼馴染みはどんな子なの？」

ずっとそばにいるのだから、杏奈のことならよくわかっている。

「明るくて社交性も高く、性格も常に前向きだな。人の気持ちを慮《おもんぱか》ることができるし、失敗を反省する謙虚さも持っている。成績こそ振るわないが頭はいいと思う。顔もスタイルも抜群で、ビジュアルは芸能人と較べても遜色ない」

「だったら付き合うしかないでしょう！」

大声で突っ込みを入れられる。それからハルは大げさにため息をついた。

「撮影には影響を及ぼさないでね。映画を撮っているとスタッフとか役者同士が付き合うのは珍しくないんだけど、揉めたり別れたりすると本当に面倒くさいから」

「知り合いの話だと言ってるだろ」

「はいはい」

ハルが楽しそうな口調で聞き流す。その素振りに妙に苛立ってしまう。そこで鼻先に冷たさを感じた。雨かと思った直後にどんどん降ってくる。慌てて駆け出すけれど、中庭に到着した時点で土砂降りになっていた。

「ああ、びっくりした！」

避難した生徒たちで玄関はごった返している。人いきれで湿度が高かった。ハルの髪の毛から滴が落ちる。シャツが雨で濡れていて、ぼくは思わず顔を逸らした。

「雨の日も風情があるけど、映像で表現するのは案外難しいんだ。波紋が広がる水溜まりとか、雨を弾《はじ》く葉っぱとかを映さないと、雨が降ってるってわからないから」

「そうなんだ」

どんなときでもハルは映画のことばかりだ。そこで突然、ハルが軽やかにステップを踏んだ。上履きの踵を床に擦りつける音が鳴った。

「素人じゃこんなもんか。こんな雨に打たれながら、タップダンスができたら最高なんだけどなあ」

映画の話題なのだろうけど、ぼくには知識が全くない。コンクリートの地面に雨が打ちつける。耳を澄ませるハルの横顔を見つめながら、ぼくは告白の返事を決めた。

家から最も近い公園は非常に狭く、遊具などは何もなかった。切れかけた街灯が何度も明滅し、地面には雑草が生え放題だ。

ぼくから時間を指定したのに、緊張しすぎて十五分も前に来てしまった。待っている間に足首を蚊に刺されてしまう。

杏奈は半袖のパーカーと七分丈のコットンパンツという身軽な恰好でやってきた。街灯が杏奈を照らす。緊張した面持ちで、風呂上がりなのか髪の毛が湿っていた。

「待たせた？」

「いや、今来たところ」

杏奈が緊張した笑みを浮かべていて、まともに顔が見られない。二人とも喋らなくなり、遠くから車のクラクションの音が届く。ぼくが息を吸うと、杏奈が身体をびくっと動かした。

「あのさ……」

「う、うん」

杏奈の瞳がほんのりと潤んでいた。心臓の音をうるさく感じる。返事はもう決まっているのに、たった一言が喉から出てきてくれない。

でも、これ以上待たせるのは失礼だ。意を決して口を開く。

「ごめん」

ぼくは杏奈に頭を下げる。

「気持ちは嬉しいし、正直すごく悩んだ。でも杏奈は友達なんだ」

地面に二人の影が落ちている。杏奈の影は止まったままだ。しばらくその姿勢でいると、杏奈が気の抜けた声を出した。

「そっかあ」

顔を上げると、杏奈は照れくさそうにはにかんでいた。蛍光灯が細かく明滅する。杏奈は両手の指を組んで、大きく伸びをした。

「いやあ、すっきりした。おじさんの件もあったから言い出せなくてさ。後ろめたさがなくなったから告白しちゃったけど、いざ打ち明けると清々《すがすが》しい気持ちになるね」

ぼくが茫然としていると、杏奈がピースサインを作った。それからその指を使って唇の両端を持ち上げる。すると口が笑顔と同じ形になった。

「私が泣くとでも思ったかな。ショックだけど、うじうじしても仕方ないからね。気持ちを切り替えて今は映画作りに集中するよ。今回のことは適当にスルーしてよ」

「おう」

「明日からいつも通りよろしく。映画、絶対に成功させようね」

「そうだな」

杏奈が近寄ってきて、ぼくの二の腕を叩く。痛いくらいに力が入っていた。杏奈の表情は普段と何も変わらないように見えた。

家まで送ろうかと思ったけれど、杏奈は駆け足で去っていった。暗闇に後ろ姿が消えていく。いつの間にかまた足首を蚊に刺されたらしい。範囲が曖昧で、足先全体が痒みに覆われている気がした。

七月半ば、夏休み前の最後の週末が訪れた。気を抜かないよう早朝からスクリプターとしての仕事を続ける。撮るべきシーンはたくさん残っていて、時間はいくらあっても足りない。土曜の撮影も気がつくと夕方近くになっていた。

撮影場所は静かな林に囲まれた神社だ。ヒロインが感情を吐露する、中盤で最も盛り上がる場面になる。

この場面の直前、空の決死の行動によって、桜の力がなくても歪んだ運命を回避できることを証明する。それまで能力を使わなくてはいけないと信じていた桜は、自分が普通に生きることができる可能性を知る。

生きる気力がなかったかのように見えた桜は、そこで自分が未来を望んでいることを認識する。そして桜は感謝の気持ちを、涙を流しながら空に告げるのだ。ハルがどのように撮影するのか、杏奈がどんな演技を披露するのか前日から楽しみだった。

杏奈の態度は全く変わらない。数日前に登校時に二人きりになったときは、ぼくのほうが緊張したくらいだ。今まで通りの関係を続けられるのは素直に嬉しかった。

空には薄い雲がかかり、夏特有のゲリラ豪雨の心配は低そうだった。カメラ位置が決まり、照明スタッフが夕方の弱くなった太陽の下での照明をチェックしていた。肩が完治した乙羽さんがガンマイクを構え、足元にケーブル担当の部員が控える。

クローズアップショットで杏奈が長台詞を言う場面だが、本日の主役は空を見上げてぼんやりと口を開けていた。メイク担当がファンデーションを塗っても反応しない。杏奈のことだから上手にリラックスしているのだと思われた。

何度かテストが行われ、杏奈が穏やかに微笑みながら台詞を読み上げる。演技を見て、ハルが細かく指導する。原作や脚本通り、杏奈の表情や声の大きさには抑制が利いていた。杏奈は指示を忠実に再現し、完成度は高まっていった。

日没が迫り、ハルがカメラ脇で空を見上げる。

「マジックアワーがはじまる」

世界が淡い光に包まれる。マジックアワーとは日の出と日の入りに、世界が柔らかな色合いで満ちる時間のことらしい。その短い瞬間に限って、レンズを通して美しい世界が映像として焼きつけられるというのだ。

「みんな急いで。本番をはじめます」

ハルの合図に亀山先輩がうなずく。カメラのスイッチが入り、ハルが手を上げる。助監督がカメラの前にカチンコをかざす。その瞬間、杏奈が一瞬だけぼくに視線を向けた。指で口の端を上げたときと同じような、無理やりみたいな笑みを浮かべる。

「よーい、スタート」

杏奈と江木沢くんが御神木の脇に立っている。かけ声に合わせ、杏奈の雰囲気が変わる。その瞬間、ぼくは息を呑む。すっとした佇まいの杏奈がそこにいるだけで、急に胸が締めつけられてくる。

「私はずっと、このときを待っていた気がする」

声は穏やかなのによく通った。スタッフも空気の変化に気づいたようだが、ハルが止める気配はなかった。

杏奈から目が離せない。発散される迫力は、口をつぐませる力を持っていた。

ふいに柔らかな風が吹き、杏奈の髪をふわりとなびかせた。枝葉が擦れ、ざわめきのような音を奏でる。杏奈の表情や一挙手一投足に心が苦しくなる。何が起きているのだろう。どうしてこんなにも感情を揺さぶられるのか不思議だった。

「ありがとう」

杏奈の瞳から一粒涙がこぼれる。それだけで、呼吸が難しくなるくらいの悲しみが伝わってくる。

「あなたがそばにいてくれて、私は本当に幸せだよ」

世界が優しい光に包まれる。声や挙動の全てが心を揺さぶる。見ている側は心が苦しくて堪《たま》らない。

「これからも、私の隣にいてね」

杏奈の両目からとめどなく涙が流れる。どんどん溢れ、頬を伝っていった。夕焼けが沈む直前、一際大きな輝きを発する。台詞を言い終えた杏奈が目を伏せる。ハルはカットをかけない。カメラ脇に目を向けると、茫然とした表情で杏奈を見ていた。

「カット」

周囲の視線に気づき、ハルが慌てて撮影を切る。その瞬間、杏奈は大きく息を吐いた。辺りは薄暗くなっていて、そこにいるのは間違いなくぼくのよく知る幼馴染みだった。次の瞬間、スタッフたちが一斉に歓声を上げた。

「すごかった！」

江木沢くんや他のスタッフが杏奈に駆け寄る。もらい泣きをしているスタッフもいたが、ぼくは一歩も動けずにいた。どうすれば、あんなものが生み出せるのだろう。ハルもぼくと同じように固まっていた。

原作や脚本と明らかに違うのに、反発する気持ちが湧いてこない。凪は止んでいて、木々は静かになっていた。周囲の熱狂に対し杏奈は「やばかったでしょ？」とおどけていた。

杏奈の演技に創作意欲が刺激され、ぼくは帰宅してから机の前で腕を組んでいた。アイデアをノートにまとめ、形にならないか頭を悩ませる。ネタをノートに列挙すると、無関係と思われていた要素が突然結びつくときがある。でも考え込んでいるときは思考が硬直しているせいか、大抵は組み合わせに気づけない。そんなときに必要なのはリラックスすることだけど、悩んでいるときに気を抜くのは難しい。

しばらく考えていたが、思いきって椅子から立ち上がる。エアコンのせいで空気が淀《よど》んでいたので窓を開けると、ぬるい空気が入りこんできた。

空に三日月が浮かび、薄い雲がかかっている。

こんな夜空を『春に君を想う』の背景に入れたことを思い出す。

ハルは杏奈の演技の正体を知っているのだろうか。話を聞きたかったけれど、撮影後すぐに帰ってしまった。そこであることに思い当たる。着替えてから戸締まりをして自転車に跨がった。今からなら母が帰宅する前に戻れるはずだ。目的地までは六キロくらいだけど、自転車を本気で漕げば大した距離ではない。

目的地は今日撮影をした神社だった。自転車を降りてから境内を探すと、夜の闇に光る液晶やLEDランプを発見した。

「ハル！」

ハルはデジカメのレンズを御神木と三日月に向けていた。周囲に人影はない。普段よりレンズが大きいのは備品の望遠レンズなのだと思われた。ハルのそばに駆け寄る。

「どうしてここに？」

ハルが目を見開いてファインダーから顔を離した。

「神社で三日月を見上げる場面があっただろう。夜間の撮影は夏休みに入ってからの予定だけど、綺麗な月が撮れるかは天気次第だからな。今日撮影すると思ったんだ」

「正解だけど、見抜かれたのが何かむかつく」

ハルは頬を膨らませつつ撮影を再開する。ハルは御神木や月の撮影のために立ち位置を何度も変える。地面から御神木、月と縦移動で映していく「ティルト」など、色々な方法で撮影していった。多くの素材を撮れば、それだけ編集の際の選択肢も増える。何パターンか撮影した後、ハルが液晶画面で確認する。アングルや映す順番によって同じ三日月でも印象が変わってくる。一緒に眺めながら、ぼくはハルに訊ねた。

「杏奈の演技、すごかったな。あれは採用するんだよな」

どれだけ素晴らしくても、監督の意に沿わなければ没になる。ハルは首を縦に振った。

「不採用にしたら本気でスタッフから見限られるよ。あんな演技を撮るのは生まれて初めてだった。あの熱量を活かす編集ができるか今から心配だよ」

「どうすればあんな演技ができるんだろう。杏奈は夢中で演じただけと言っていたけど」

「正直わからない。前に創作者は未体験の出来事をどう表現すればいいかを話し合ったよね。わたしは似た体験から感情を引っ張り出すと説明したけど、杏奈はあの涙の場面に近い感情を経験したことがあるのかもしれない」

告白を断った夜が思い浮かび、今さら胸が痛くなる。杏奈の振る舞いはあっさりしていたが、あのときの態度はきっと本心ではなかったのだ。

「でも結局は本人にも理解できていないと思う。やっぱり天才はいるんだね」

ハルが地面を見つめる。ぼくからすればハルだって充分すぎるほどの才能に恵まれている。だけど求める資質が異なるのか、ハルは自分自身に納得していない。

ハルが再び空を見上げると、流れた雲が三日月を隠してしまった。薄い雲の向こうでぼんやりと光っている。ハルがぼくの二の腕を肘で押してきた。

「杏奈のこと傷つけたら承知しないからね」

意味がわからず反応に困っていると、ハルが訝しそうに訊ねてきた。

「告白をOKしたんでしょ？」

厚い雲が三日月を完全に隠す。ぼくは小さく咳をした。

「断ったよ」

「はあ？」

ハルが突然大声を出す。暗く静かな神社では格段に響き渡った。ハルがカメラを持つ腕を下ろし、血相を変えて詰め寄ってくる。

「断る意味がわからない。何を考えてるの！」

つばが飛んできそうな剣幕に、ぼくは身を仰《の》け反《ぞ》らせた。だんだん腹が立ってくる。なぜハルに叱られなくてはならないのだ。

「ぼくの勝手だろ」

「ナオトにはもったいないくらいでしょ。絶対に後悔するから土下座して謝ってこい！」

「しないよ。ぼくが好きなのは――」

とっさに出てきた言葉に、自分で戸惑う。何を言おうとしているのだろう。すぐ目の前でハルが硬直している。

ハルが突然バランスを崩し、後方へ倒れそうになる。手を伸ばし、背中に腕を回して引き寄せる。身体から力が抜けていて、ぼくは全力でハルを支えた。

ハルが腕の中にいる。背中はすごく華奢《きゃしゃ》だった。心臓の音がやけに騒々しい。すぐに離れるべきだと思ったが、もう自分の足で立てるだろうか。そう質問しようとしたところ、ハルがぼくのえり首に指をかけた。無理やり引っ張られ、顔を引き寄せられる。そしてハルはぼくの唇に、自分の唇を重ね合わせた。

ほんの一瞬なのに、スローモーションのように長く感じる。その直後、ハルに胸元を突き飛ばされた。突然のことでよろめき、ぼくはたたらを踏んでから尻もちをつく。ハルは二本の足でちゃんと立っていた。

ハルは口元に手を当て、茫然とした様子だ。ぼくが立ち上がると、怯えたように後退る。何か言おうと口を開いたところで、背後から鋭い光に照らされた。

「何をしてるんだ」

声をかけられ振り向くと制服の警官がいた。近所を巡回中、神社で怪しげな光を発見したため様子を見に来たらしい。映画の撮影中だと説明すると、夜遅いから早く帰れと叱られた。素直に謝ると幸いなことにすぐに解放された。

神社から大通りまでの道は暗く、全くの無言が続く。帰路は反対方向になる。

「今日の記憶は全部消して」

ハルはそれだけ告げて去っていった。自転車に跨がり、ペダルを全力で踏む。行き交う車のライトが眩しい。ぼくは憤慨していた。あっちからキスをしてきたくせに、突き飛ばしたり怯えたりと、まるで被害者のような振る舞いだ。

夏の空気が肌にまとわりつく。明日も撮影が入っている。会ったら真っ先に文句を言ってやろうと思った。そう決心したぼくは、ペダルにさらに力を込めた。

だけどその晩、ハルからSNSのグループに「明日の撮影は中止にする」とメッセージが届いた。

週明け月曜日、ハルは学校を休んだ。その次の日も学校に姿を現さなかった。

ハルが登校を再開したのは、一学期の最終日だった。

蒸し暑い体育館での終業式が終わり、教室に戻るとハルがいた。クラスメイトに取り囲まれ、気軽に談笑している。そこでスマホにハルからメッセージが届いていることに気づく。映画の関係者全員に放課後、空き教室に集まるよう指示があった。

担任から成績表が配られ、一学期は終了となった。明日からの夏休みに向け、クラスメイトたちはハイテンションで教室を出ていく。

ぼくは教室の片隅でハルに話しかけた。

「体調は大丈夫なのか？」

「検査入院が長引いただけだよ」

三日月の夜以来、顔を合わせるのは初めてになる。それなのにハルはまるで何もなかったような態度だ。それに前より明らかに頬が痩《こ》けていて、ぼくが胸に抱いていた気まずさは行き場を失っていた。

ハルがぼくにしか聞こえないような小声で言った。

「わたしの病気、実はけっこう珍しいやつなんだ」

「……そうなのか」

病気というナイーブな話題にぼくは言葉に詰まる。

「病名を聞いても絶対にわからないと思う。わたしもお医者さんから教えられるまで全然知らなかったから。でも医学の進歩のおかげで、薬さえ飲んでいれば大丈夫なんだ。

だからあんまり心配しなくて平気だよ」

　空き教室の戸を開けると、室内にはすでに数人の生徒が集まっていた。誰もが復帰を喜んでいる。次第に人が増え、関係者全員が集まった。

　ハルが壇上に立つ。乙羽さんが紙束を抱えている。新しいスケジュールにしては分厚い気がした。乙羽さんが浮かない顔で、なぜかちらりと視線を向けてきた。

　ハルが深々と頭を下げた。

「撮影を止めてしまい申し訳ありませんでした。心配をかけましたが、今後の撮影には問題ありません。今から新しい予定表を配ります」

　ホチキス止めの冊子が二部ずつ用意されている。一同が立ち上がり、行列を作って紙束を持っていく。ぼくも手に取って、自分の席に戻った。

　一つめは予定表だった。夏休みのために新たに組まれ、香盤表も合わせてあった。ハードなスケジュールだが、何とかこなせそうに思えた。

　もう一つの表紙に目を疑う。同時にハルが口を開いた。

「新しい脚本です。変更は後半だけなので、撮影済みのシーンを撮り直す必要はありません。みなさん、熟読した上で本番に臨んでください」

　脚本の修正なんて初耳だ。ぼくは慌てて読み進める。

「え、これって……」

先に読み終えたらしい部員や役者からどよめきが起こる。最後の一行を読み終えたぼくは、顔を上げてハルをにらみつけた。

「どういうことだ」

立ち上がり、壇上のハルに詰め寄る。こんな物語を認めるわけにはいかない。部員たちが心配そうに見守っているが、ハルは表情を変えない。

新たに提示された脚本にはいくつも変更点があった。その最たるものとして、結末が原作と完全に異なっていたのだ。

「おい、ハル。説明しろよ」

必死に感情を抑えつけるけれど、自然と声に怒りが込められてしまう。ハルは無感情な瞳をぼくに向けたまま口を開こうとしない。

ぼくは幸せな結末が好きだ。だからどれだけ苦難に見舞われても、最後は登場人物が笑顔になる物語を描いてきた。それは小学校時代から現在まで変わっていない。

ハルも同意してくれたはずだった。だけど新たに書き上げられた修正稿は悲しい終わりが待ち受けていた。ヒロインが最後に命を落としていたのだ。

第四章　Love Letter

1

新しい脚本では、中盤からヒロインの死を匂わせて不安を煽《あお》っていた。これから悲しい結末が待つのだと、観客に心の準備をさせるように作られているのだ。

そして予想通り、結末でヒロインが死を迎える。主人公は悲しみに暮れながらも、ヒロインの遺言によって立ち上がる。思い出を胸に生きる決意を固め、物語は完結する。

脚本の完成度は高く、読むだけで心を動かされそうになる。実際、部員たちの一部は涙をこらえていた。

ぼくは脚本をハルの鼻先に突きつける。

「どうしてこんなラストにしたんだ」

ハルは感情を顔に出さずに答える。

「杏奈の演技を見て思いついたんだ。あの芝居を活かすには、この展開のほうがずっと相応しい。きっと感動的なラストになるよ。それに合わせて、タイトルも『永遠《とわ》に君を想う』に変更する」

「でもハルちゃん、安易に死に頼る結末は嫌いだって話してたよね」

杏奈が疑問をぶつける。見終わった後に幸せな気持ちになれる映画を撮りたいと力説していたはずだ。ハルが杏奈に顔を向ける。

「作品の質によるよ。悲しいラストの傑作はいくらでもある。この結末のほうがより多くの人の心を動かせる。そう確信したから、わたしはシナリオを変えたんだよ」

声色から反論を許さない冷たさを感じる。ハルはぼくを押しのけるようにして、教卓に両手をついて身を乗り出した。

「反対意見があることも理解しています。なのでみんなの意見を募りたいと思います。まずは脚本修正に賛成のかたは挙手をしてください」

ハルが強引に話を進めると、全体の三分の一が手を挙げた。その中に乙羽さんもいて、ハルに理由を述べるよう指を差される。

乙羽さんが立ち上がり、躊躇いがちに口を開いた。

「ハル監督のエンタメ性が前面に出ながら、今までの作品にない叙情性もあります。きっと素晴らしい最新作になると思います」

悲劇的な展開を躊躇《ちゅうちょ》なく取り入れることで、修正稿が幅広く受け入れられるよう仕上がっているのは事実だ。乙羽さんのようにハルの作品のエンタメ性に惹かれた人なら、修正稿を選ぶのも無理はない。

続く反対派にも三分の一が手を挙げた。その中に江木沢くんや杏奈がいた。ハルに指名された江木沢くんは堂々と答えた。

「修正稿も面白いですけど、泣かせたいだけの陳腐なメロドラマに思えるんです。桜が最後に死ぬことで、原作のテーマが台無しになっている気がします」

江木沢くんはぼくの不満を的確に言い表してくれた。原作者以外にもテーマは伝わっているし、修正稿が本質を破壊していることを共有できるのだ。

残る三分の一は甲乙つけがたいという人たちで、その中には亀山先輩も含まれていた。亀山先輩はいつものぶっきらぼうな口調で意見を述べた。

「正直どちらの脚本《ホン》もわるくない。あとは好みの問題だな。その場合、最終的な決定権を持つのは監督だ」

中立派の人たちは亀山先輩とおおむね同意見のようだ。つまり監督自身が修正稿で撮ると主張している以上、多数決によってハルの意見が通ることになる。反対派たちも、多数決には従うという意見だった。

「決まりですね。みなさん、夏休みもよろしくお願いします」

部員や出演者たちが席を立ち、椅子を引く音が教室に溢れる。

「おい、ハル」

声をかけるが、ハルは気づかない様子で制作進行のスタッフを呼びとめた。澄ました表情で、今後の予定について詰めはじめる。ぼくのほうを一瞥しようともしない。

映画は大人数で作る。決定事項を前に、小さな声が黙殺されるのは理解できる。だが納得できるかは別問題だ。

ぼくはハッピーエンドが好きだけど、悲しい結末でも優れた作品があることは認めざるを得ない。ただしハルの提案した新しいアイデアも魅力的ではあるけれど、従来の結末を上回っているとは思えなかった。ぼくは唇を嚙み、教室から出ていった。

五時半にセットした目覚まし時計が鳴り、身体を無理やり起こす。まだ寝ている母の目を覚まさないよう早めに止め、顔を洗ってから手早く朝食を作って食べる。

ハルの復帰から二日が経った。今日は六時半集合で、なるべく静かに家を出る。自転車を走らせ、撮影現場に向かう。しかしペダルが普段より重かった。

今日の現場は喫茶店で、撮影を行うのは二回目になる。店主がハルと以前からの知り合いで、厚意で営業時間外に使わせてもらっているのだ。

昔ながらの喫茶店という雰囲気の店内は広く、撮影隊が全員入っても余裕があった。店主の趣味で集められたアンティークの置物が並び、コーヒーの香りが漂っている。

前回の映像やスクリプトノートを元に、店内の様子を再現する。店主には撮影期間中は極力模様替えをしないよう頼んであるが、あくまで使わせてもらう立場なのだ。助監督たちと一緒に店内のチェックをするが、映画の結末が気になってしまって身が入らなかった。原作者の立場なら全てをなしにできるかもしれない。だが一度引き受け、それを元にたくさんの人たちが時間を費やしているのだ。全てをご破算にするなんて決断はできない。

撮影中の場面は、新脚本によって大幅な修正が加えられた。本来なら幸福な結末のための伏線が仕込んであったが、ヒロインの死を匂わせる演出に変わっていた。

店内の座席にエキストラが座る。前回の撮影と連続するシーンなので、服装や髪型、ドリンク、小道具の文庫本なども全て合わせる。

何度もノートを確認し、前回と同じ現場を再現する。照明やカメラ位置、出演陣のセッティングも終わり、リハーサルが行われる。今日は登場人物たちが店内を歩き回るシーンなので、亀山先輩がカメラを手で持って撮影が行われる。

亀山先輩は脇を締め、カメラがぶれないように固定しながらファインダーを覗きこむ。腰が入った立ち姿は堂に入っている。移動も滑らかで、撮った映像にもブレがない。

椅子やテーブルが邪魔する店内で、亀山先輩がスムーズに被写体を追いかける。撮影は順調に進み、ハルはデータをノートパソコンで見はじめた。シーンの繋がりをチェックするためらしい。

前回の映像と粗く繋げて見ていると、ハルが小さく声を上げた。

「ここ、よくないですね」

ハルがエキストラを指さした。服装や髪型、テーブルの上のアイスコーヒーなど問題ないように思える。しかし連続して流した映像を見て、自分のミスに気づく。

主人公が歩くカットの背後で、女性がソファに座って文庫本を読んでいる。最初のカットでは女性のロングヘアーが背中に隠れていたが、次の映像では髪が身体の前に来ている。その直後ではまた背中に移動していたのだ。亀山先輩が首をひねる。

「これくらいなら問題ないいんじゃないか？」

「撮り直しです」

ハルは整合性を選んだ。動きのある映像で、観客は役者やカメラワークに注意を払うだろう。だけど違和感を覚える人も必ず出るはずだ。

「すみませんでした」

ハルに頭を下げる。集中力の欠如を自覚していたのなら、いつも以上に入念に注意を払うべきだった。ハルはぼくをほとんど見ずにカメラに足を向けた。

「次は気をつけてください」

言外に「二度目はない」という意味が込められている気がして、叱られるより胸にこたえる。同時にぼくは一つの決意を固めた。撮影に参加し続けるのは精神的に辛かった。

現状を打破するには、ぼくの手で映画の結末を変えるしかない。

帰宅してすぐ机に向かい、ノートにアイデアを書き連ねる。ハルが修正を決意したきっかけは杏奈の演技だと説明していた。だからあのシーンを悲しみの場面にした上で、結末で希望が残る案を用意すればいいのだ。

夏休みの課題そっちのけでアイデアを練り続け、最終的に一つの案に落ち着いた。結末は別れだが死を伴わず、将来の再会を匂わせるのだ。

本音をいえば原作の最初のかたちがベストだと今でも思う。しかし感動的な演出という意味では、新案もハルの意に添える自信があった。

翌日は朝から猛暑だった。現場の廃工場は空気が淀み、熱で空間が歪んでいる気さえした。ハルは小まめに休憩を指示し、塩分を含む飴《あめ》をスタッフに配布させていた。

「読んでくれないか」

ハルは日除《ひよ》けのため野球帽を被り、休憩中は木の下に椅子を置いて絵コンテに目を通していた。ノートを差し出すと、怪訝そうにぼくを見上げた。その顔に息を呑む。顔色がわるく、頬も痩《こ》けているように感じた。

「今、話しても大丈夫なのか」

ハルは明らかに体調がわるい。そんな相手の休憩時間を奪っていいのだろうか。

「そんなことより、これは何？」

自分の体調など、本当にどうでもよいといった口調だった。

「昨晩仕上げた新しいネームだ。読んだ上で結末を考え直してほしい」

「わかった」

ハルが受け取り、ページを開いた。紙の白さが炎天下で光を強く反射する。ページをめくるハルを前にして、その場で返事を待つ。陽射しが地面を焼き、肌に汗が浮かび上がる。最後のページをめくり終えたハルが顔を上げた。

「短い間にこれを考え出したの？」

「ハルから教わった本を参考にしたよ」

元々が完成されていたため、結末をいじるのは困難だった。しかしハルの影響で読むようになった物語の教科書が役に立った。様々な類型や過去の名作が持つ構造は、考えを発展させるための足がかりとなった。

完成度には自信があるし、ハルが望むような泣ける要素も取り入れている。だけどハルはノートを閉じて返してきた。

「素晴らしいと思う。でもわたしが撮りたいのは現行の脚本なの」

頭に血が上るのがわかり、ぼくは歯を食いしばった。

「納得できない。誰かに寄り添うことが原作のテーマだった。でも桜が死んでしまえば、そばにいたいという空の願いは果たされない。物語の根本を変えてまで採用するほどの魅力が、新しい脚本にあるとは思えない」

「そうかもしれない」

あっさり認めたハルに、ぼくは言葉を失う。

「それでもわたしはあの結末を選ぶ」

真っ直ぐなハルの瞳に、固い決意が宿っていた。

原作に込めた気持ちを守ると約束してくれたはずだった。遠くから蝉《せみ》の声が響く。熱気のせいで頭に霞《かすみ》がかかったみたいで、言葉が口を衝《つ》いて出た。

「わかったよ。もう撮影に参加しない」

ぼくは踵を返す。雑用のために現場を離れるスタッフは多い。ぼくたちのやり取りが決別だと誰も思わないだろう。引き止める人はおらず、急ぎ足で現場を後にした。

2

自転車でスーパーに行って食材を買い揃え、昼食は菓子パンと牛乳で済ませる。ハルと出会う前、ずっと過ごしてきた何もない夏休みだ。

お昼過ぎ、机に向かう。まっさらなマンガ用原稿用紙を取り出して、『春に君を想う』の最新版のネームを横に置く。結末は最初に物語が生み出されたときの、登場人物が最も幸せになる内容に戻してあった。

だがハルの脚本を読んで直したバージョンのアイデアも取り入れ、細々《こまごま》とした修正を施した。現在考え得る最善の出来だという自信があった。

『春に君を想う』を完成させようと思った。ずっとネームのまま放置してきた。それなのに今はなぜか自然と手が動いた。

ネームに従い、原稿用紙に下描きを進める。コマ割りや人物配置、背景など下描き段階でも考えることは無数にある。一枚の画面として考えた上でバランスを調整しつつ、読者の視線の流れなども考慮しなければいけない。

時間はあっという間に過ぎ、気がつくと夜の七時を過ぎていた。スマホに母から飲み会で遅くなるとメッセージが届いていた。夕ごはんでも食べようかと立ち上がると、足腰の筋肉が硬直していた。やかんを火にかけ、カップ麺のふたを開ける。そこでチャイムが鳴り、玄関を開けると杏奈が立っていた。

「……なんだよ」

自然と口調がぶっきらぼうになってしまう。杏奈は眉間に皺を寄せている。

「どうして来なかったの？」

「ぼくはもう降りたんだ」

気まずくて目を逸らす。杏奈は口を尖らせ、ぼくを押しのけて家に上がり込んできた。スリッパを履き、自分の家のように廊下を進んでいく。

「ああ、今日も暑かった」

勝手に冷蔵庫を開け、オレンジジュースをコップに注ぐ。そのまま杏奈はリビングに座り込み、ぼくは戸惑いつつ正面に腰かけた。

「理由は新しい脚本だよね」

お湯が沸いてやかんが笛を鳴らした。コンロの火を止めて、カップ麺に湯を注ぐ。鶏《とり》ガラ醬油《しょうゆ》の香りが辺りに漂った。

「杏奈の言う通りだ。あんな結末が完成する現場に居合わせたくない」

「だよね！」

杏奈がジュースの入ったコップをテーブルに置いた。

「原作のほうがずっと面白いのに、なんであんな安っぽいラストにするのかな。前にハルちゃん、ハッピーエンドが好きだと話していたのに」

杏奈は多数決で反対に挙手していた。同じ意見なことにほっとする。

「あのさ、ナオトの気持ちはわかるよ」

ふいに杏奈が悲しげに目を伏せ、コップを両手で包みこんだ。深々と息を吐くと、杏奈の瞳をうっすらと涙の膜が覆った。

「私も脚本の変更には納得してない。でも途中で投げ出すのはよくないよ。スタッフのみんなも残念がっている。何より、ナオトが抜けたせいで現場は大混乱なの。戻ってくれないと完成するかもわからないんだ」

「それ、演技だよな」

指摘すると、杏奈はわざとらしく舌を出した。

「ばれちゃった。ハルちゃんと揉めて抜ける人は珍しくないみたいで、ナオトが消えてもスタッフは淡々としてたよ。スクリプターも代わりがいるから、撮影にも支障はないね。あ、乙羽ちゃんはめちゃくちゃ怒ってたけど、まさかあの子と何かあった？」

「何もない」

杏奈が疑いの眼差しを向けてきて、気まずい空気が流れる。乙羽さんはぼくをハルの相談相手として期待していたから、途中で投げ出したことを怒っているのだろう。

三分経ったので、カップ麺のふたを開ける。箸で麺をほぐしてすすると、化学調味料の刺激的でわかりやすい味がした。

「元気そうなのもわかったから帰るね」

目的は様子見だけだったらしい。杏奈を玄関先まで見送る。ドアを開けて家の外に一歩出てから、杏奈が真面目な顔をこちらに向けた。

「私は戻ってほしい。ナオトを含めたスタッフで、この映画を完成させたいから」

今度は演技じゃなかった。顔を逸らすと、杏奈は返事を待たずに去っていった。マンションの一階の廊下は薄暗い蛍光灯に照らされていて、夏の虫が群がっている。杏奈の頼みを頭から振り払う。部屋に戻り、下描きを進めることにした。

睡眠と食事以外は全ての時間をマンガに費やした。下描きを終えたらペン入れだ。インク瓶にGペンの先をつけ、下描きをなぞって線を引く。ネームから下描き、ペン入れに進むに従って絵はどこか勢いを失っていく。でもぼくは感情のままにペンを動かしていった。

一週間、マンガ執筆にのめり込んだ。ペン入れもベタ塗りもスクリーントーンも全て、自分でも信じられないくらいの速度で進んだ。最後は楽しさのあまりテンションが上がり、夜を徹して作業をする。眠気が全く訪れず、集中力も途切れなかった。

夜が明けても仕上げを続け、夕方四時過ぎに完成した。何度も読み返し、これ以上直せないと確信する。眠気に襲われ、ベッドに倒れ込む。

目を開けると、全身が重かった。頭痛が激しく、喉が異様に渇いている。窓の外では雨が降っていた。キッチンで水を飲んで、時計を見ると針は九時を指していた。

五時間眠っていたのかと考え、外が明るいことに気づく。慌ててテレビを点けると朝のニュースが流れていた。十七時間ぶっ続けで寝ていたらしい。

大きく伸びをすると、固まっていた筋肉がほぐれた。母は自分で朝食を用意して食べていったようだ。土曜だけど、出勤したらしい。起こさないでいてくれたことに感謝する。今日は何をしよう。出かけるにしてもあいにくの雨模様だ。原稿の最終確認をしようかと考えていると、スマホが着信音を鳴らした。SNSを開くとハルからのメッセージで、『今から会えない？』とあった。

どう返すべきか迷ったが、映画の内容で揉めて撮影を降りただけなのだと思い当たる。ハルを拒絶したわけではない。

会えると返事を送ったところ、ハルから『すぐ行く』とメッセージが届いた。三十分後にチャイムが鳴り、玄関を開けるとハルが立っていた。傘を差していたようだが、シャツの肩やスニーカーが濡れている。激しい雨の音が聞こえ、湿気を含んだぬるい空気が部屋に入りこむ。

「突然ごめん」

「……体調は平気なのか」

ハルは何も答えない。一週間ぶりだが、前より表情が荒《すさ》んでいるように感じられた。頬が痩けているのに、目だけは生気が満ちている。ハルにタオルを渡す。部屋に上がり、ハルがリビングの座布団に腰を下ろした。

「映画作りは順調か？」

「今日は雨で中止だけど、急げばあと一日で撮影を終わらせられるよ」

テレビでは天気予報が流れていた。雨の原因は台風の接近だが、直撃ではないので危険性は低いらしい。だが移動の支障になるため撮影は難しいだろう。

「ナオトに戻ってきてほしい」

唐突にハルが言ったものの、強い違和感を覚える。亀山先輩や杏奈相手なら、より優れた映画作りのため復帰を請うことはありえる。でもぼくを呼び戻したところで何のメリットもないはずだ。

「ぼくなんかがいなくても撮影に支障はないだろ？」

ハルが首を横に振り、ぼくの出した温かな紅茶に口をつけた。それからひどく疲れたように長く息を吐いた。

「世間にはマンガや小説の映像化作品が山のようにあるよね。その一部は原作に敬意を払わずに別物の作品にして、原作者と揉めることもある。そうしたら制作側も観客も悲しい思いをする。原作者に納得してもらわないと、本当の意味で完成したと言えないことに気づいたんだ」

耳を傾けながら、ハルらしくないと思う。曖昧な気持ちなどより、作品の完成度を優先するはずだ。嘘をついてまで映画制作に戻そうとする目的に見当がつかない。

「残念だけど、あの結末である以上ぼくが復帰することはない」

「ナオトが悲しい物語を拒絶するのは、お父さんのことがあるからだよね」

ハルの悲しげな表情にぼくは戸惑う。ハルの言う通りだ。悲しい物語を拒否するのは、父さんに捨てられた過去が根底にあるのだろう。

ハルがぼくの手元に目を向けた。

「マンガを描いてたの？」

指はインクで汚れ、洋服にはスクリーントーンがついていた。風呂に入ると身体に付着していたトーンの切れ端が湯船に浮かぶことは珍しくない。自分の部屋に向かい、描き上げたばかりの原稿を手にして戻る。ハルが目を輝かせて受け取った。

「完成させたんだね」

「望まないかたちで映像化する前に、本物を描き上げたかったんだ」

我ながら嫌みな言い方だと思ったが、ハルは頬を上気させながら原稿を読みはじめた。目の前で作品を読まれるのは、何度経験しても慣れない。空腹を感じ、オレンジジュースで腹を満たす。

しばらくしてハルが顔を上げた。

用紙の四隅の角を丁寧に揃え、表紙を見詰めながらじっとしている。原稿を持つ手を震わせ、両目から大粒の涙をこぼした。突然のことにぼくは言葉を失う。

「やっぱり『春に君を想う』は最高だね」

ハルは口元に微笑を湛《たた》えている。涙を拭い、ぼくを真っ直ぐ見据えた。

「ナオトのお父さんに会いに行こう。そしてこのマンガを読んでもらうんだ」

突然の提案に絶句する。

「何を言っているんだ。居場所も連絡先もわからないんだぞ」

「わたしが知ってる」

「はあ？」

思わず聞き返す。するとハルは驚くべきことに、久瀬の祖母から教えられたと答えた。

ハルは父さんの実家を訪れた際、祖母と連絡先を交換していた。そして何度かのやり取りの後、父さんの居場所を教えてもらったそうなのだ。

「どうしておばあちゃんが知ってるんだ」

「おばあさんはかなり前から連絡を取り合ってたみたい。だけどナオトのお父さんから、誰にも教えないよう頼まれていたそうよ」

祖母は怒りを買うのを恐れ、祖父にも告げなかった。別れた嫁も実の息子も父さんの行方を知ろうとしない。そんな状態のまま数年が経った頃、突然訪問してきた孫の隣に一人の少女がいた。

祖母は現在も恋人だと勘違いしたままらしく、父さんの情報をハルに託した。一番そばにいる人に、告げるべきタイミングを委ねたのだ。そしてハルは今だと判断した。

「父さんに会って、ぼくが苦しい思いをする可能性は考えないのか」

「映画の完成にはナオトが必要なんだ。だからわたしの映画のために、ナオトにはお父さんに会ってほしい。作品のためなら、わたしは何だってやってみせる」

外では雨が激しさを増している。濡れたガラスによって、その先の景色がぼんやりしていた。映画の完成にぼくが必要な理由はわからない。だけど映画のためという動機は、とてもハルらしいと思った。

「わかったよ」

うなずくと、ハルは一瞬だけ泣きそうな笑みを浮かべた。やっぱり今日のハルはいつもと全然違う。窓についた雨粒がまとまり、大きな流れとなってガラスを伝った。

3

ハルは一旦祖母に連絡し、午後に父さんと会う約束を取りつけた。相変わらず決断力と行動力が並外れている。

雨対策のため、原稿をビニール袋に収めてからバッグに入れる。ハルと並んでバスに乗り、最寄り駅に向かう。父さんは在来線を乗り継いで、一時間半で行ける駅の近くで暮らしていた。目的地への経路を調べ、車内に乗り込む。車窓から見える景色は雨のせいで遠くが煙っていた。

一時間半後、ぼくたちは隣県にある大きな駅に到着した。駅前は雑然として人が多く、エネルギーに満ちている気がした。

予定時刻の三十分前、ビルの二階の喫茶店に入る。壁には中世ヨーロッパの宗教画のイミテーションが飾られ、煙草《たばこ》の臭いが充満していた。待ち合わせだと説明すると、四人がけの席に案内された。

窓際の席から外を眺めると、雨はすっかり止んでいた。優雅なクラシック音楽が流れている。注文したオレンジジュースはすぐに飲み終え、水の入ったグラスも空になった。水はカルキ臭くて、ぼくの住んでいる地域よりまずかった。

「体調は平気なんだよな」

「大丈夫だって」

ハルは言葉をかけてもはぐらかすだけだったが、移動している間にも顔色はわるくなっていった。ひたいに汗が浮いていて、コーヒーは全く減っていない。

待ち合わせの十分前、窓の外に一人の男性が現れた。

ぼくは一目で気づく。父さんが喫茶店のあるビルを見上げている。隣には一人の女性がいた。会話を交わした後、父さんは女性を置いてビルに入ってきた。

しばらくしてポロシャツにスラックスという恰好の父さんが入店してきた。店内を見渡して、ぼくと目が合う。店員に頭を下げてから向かってきた。その様子を懐かしく思う。父さんは店員に対し、いつでも申し訳なさそうだった。

「ひさしぶり。待たせたかな」

父さんが正面の席に座った。五年ぶりに近くで見る。柔和そうな目尻も不安そうな微笑《ほほえ》みも、全体の印象は変わらない。今年で四十三歳になる。さっぱりとした短髪で、記憶よりも白髪は増えていた。洋服には丁寧にアイロンがかけられているみたいだ。

「君が木崎さんだね。ナオトに付き添う子がいると、母から聞いているよ」

「木崎ハルです。今日はお邪魔してしまってすみません」

ハルが頭を下げた。店員が近づいてきて、父さんがメニューを見ずにブレンドコーヒーを注文する。父さんは店員が立ち去った後に居住まいを正し、深々と頭を下げた。

「本当なら顔向けする資格もない。それなのに会いに来てくれて、心から感謝してる」

「頭を下げてもらいに来たんじゃない」

自然と口調が責めるようになってしまう。父さんが頭を上げ、疑問の表情を浮かべて続きを促している。店員がテーブルにカップを置き、コーヒーの香りが鼻先をかすめる。

胸に痛みを感じながらぼくは口を開いた。

「父さんに聞きたいことがあるんだ」

「……ああ」

「どうして突然いなくなったの？」

父さんはぼくの隣に座るハルに何度か視線を向けた。初対面の相手に聞かれるのが気まずいのかもしれない。

「ハルには全部事情を話してある。だから正直に教えてほしいんだ」

父さんの目を真っ直ぐに見つめる。父さんは狼狽《ろうばい》したように目線を泳がせたが、すぐに大きく息を吐いた。

「そうだな。正直に話さないと駄目だよな」

父さんはコーヒーカップに口をつけてから説明をはじめる。ただ、目新しい内容はなかった。母との関係が冷え切っていたこと。義父母と折り合いがわるかったこと。会社で苦汁をなめさせられたこと。どれも承知していることばかりだ。

「言いにくいが、精神的に参ってしまったんだ。今も心療内科に通っている」

重圧が一度に押し寄せ、父さんはパニックに陥ったらしい。そして発作的に会社を辞め、家を出ていった。追い詰められた父さんは知り合いや弁護士を頼り、離婚を決意して新しい生活をすることになった。

「本当にすまないと思っている。全ては父さんが弱かったせいなんだ」

父さんがまた頭を下げる。頭頂部の毛髪が以前より薄くなっていた。

ぼくの与《あずか》り知らない衝撃の事実が父さんを追い詰め、何もかもを捨てざるを得なかった、なんてことは一切なかったらしい。

「今は幸せ？」

父さんは複雑な表情を浮かべた後、はっきりとうなずいた。

「ああ。ナオトはどうだ」

「何とかやっているよ」

「金には困っていないか？」

「大丈夫だと思うけど」

母は働きづめだが、それは仕事が充実しているからだ。母方の祖父母からの援助もあるらしい。幸いなことに金銭的な面での不都合を感じたことはない。ぼくが節約をするのは父さんと暮らしていた頃の癖が抜けないだけだ。

「必要になったら言ってくれ。できる限り力になるから」

父さんは現住所と電話番号が書かれた紙切れを渡してくれた。受け取ってから、ぬるくなったグラスの水を飲み干した。

「ありがとう。そろそろ行くね」

「ナオト？」

ハルは驚いているが、ぼくはバッグに手をかけて立ち上がる。父さんが素早く伝票に手を伸ばした。父さんが支払いを済ませ、店の前で別れの挨拶をする。改札まで見送ると言ってくれたが、駅前を散歩したいと言って断った。

父さんの背中が雑踏に消えていくのを、ぼくはその場で見送った。

「どうしてマンガを読んでもらわなかったの？」

ハルは不満顔だが、返事をせずに周囲を見渡す。確信はないけど、多分来ると思った。予想は的中して、人混みの中から一人の女性が近づいてきた。

「ナオトくんだよね」

喫茶店のあるビルの前で父さんと会話をしていた女性だった。年齢は父さんより若い印象で、三十歳前後に見える。洋服は少しくたびれていて、声は疲れ切っているみたいに小さかった。ハルが訝しげな視線をぼくと女性へと交互に向ける。

喫茶店で父さんと会話をしている最中、女性は窓の下から店内を見上げていた。話を聞きながら横目で気にしていると、一瞬だけ目が合った。女性は訴えるような表情で、後で話しかけてくるような気がしたのだ。

女性に案内され、最寄りの小さなカフェに入る。南国風のグッズで飾られた店は大半の客が女性だった。お互いの自己紹介をすると、女性は高橋《たかはし》と名乗った。深刻そうに瞳を涙で潤ませている。高橋さんは父さんと一緒に暮らしていると打ち明け、それから重苦しく口を開いた。

「あの人とは、なるべく会わないでもらえるかな」

「どうしてですか？」

「昔のことは、あの人にとって未だに深い傷なの。平気そうに見えても、心を安定させる薬は今でも手放せないくらいだから」

「ぼくのことも傷なのですか？」

高橋さんが目を伏せる。高橋さんの前に注文したコーラが運ばれてくる。グラスの中で粒状の泡が浮かび上がって表面で弾けた。

「あの人は今でも後悔と闘っているの。あなたに悪いことをした、謝っても許されないと酔うたびに繰り返しているんだ」

高橋さんは気まずそうな表情で、探るような視線を向けてきた。ゆったりしたハワイアンミュージックがＢＧＭとして流れている。隣の席にフルーツたっぷりのパンケーキが運ばれ、女性客が満面の笑みを浮かべた。

「それとあの人はお金の支援を申し出たと思うけど、できれば勘弁してくれるかな。今でも長時間働けないし、薬代もかかる。現在は私の収入がメインなの。また無理をしたら今度こそあの人は壊れてしまう。会社に裏切られたときの、辛そうなあの人に戻ってほしくない。借金の返済もようやく目処《めど》がついたし……」

「借金？」

失言を悟ったのか、高橋さんが気まずそうな表情を浮かべる。

「詳しく教えてもらえますか」

高橋さんは黙ってやり過ごそうとしたけど、強い口調で問い直すとすぐに観念した。

父さんは姿を消す直前、ストレスからパチンコにのめり込んでいたらしい。家族には黙っていたが会社も休みがちで、出社するふりをして通い詰めていたそうなのだ。

その結果、父さんは消費者金融に百万円ほどの借金を抱えたという。大人なら返済は難しくない金額だと思う。しかし父さんを追い詰める要因の一つになった。

「全然知りませんでした」

おそらく母や、久瀬の祖父母も知らないだろう。高橋さんは辛そうに目を閉じた。

「当時、あの人は心を病んでいた。だから借金について知られたら、さらに責められると考えたの。だから仕方なく、知られる前に姿を消したんだよ」

怒られるのを怖《おそ》れて逃げ出すなんて子供みたいだと思った。結局、高橋さんと父さんで返済を進めることになったそうだ。高橋さんが急に表情をやわらげた。

「正直大変だったけれど、何とか返済の見通しが立てられたんだ」

「ふざけるな！」

ハルの怒号が店内に響く。虚を突かれたのか高橋さんの顔が強張る。他の客の注目を浴びてもハルは気にしない。

「さっきから勝手なことばかり言ってるけど、ナオトのことを欠片《かけら》も考えてないよね。

ナオトがどれだけ苦しんでいたか、少しでも想像したことがあるの?」

高橋さんの目が泳いでいて、ぼくは片手をハルの顔の前にかざして発言を遮った。ハルから心外といった顔つきでにらまれる。

「わかっています。父さんにはなるべく関わりません。なので……」

高橋さんは安堵の表情を浮かべるが、ぼくが付け加えると警戒を露《あら》わにした。

「あなたが父さんの支えになってあげてください。どうか、よろしくお願いします」

深々と頭を下げると、高橋さんは目尻に涙を浮かべてうやうやしくうなずいた。

高橋さんより先に店を出る。駅の改札を通り抜け、ちょうど到着した電車に乗り込む。ロングシートに座り、正面の窓を見る。鏡みたいに反射していて、不満そうに唇を引き結ぶハルの顔が映っていた。

「さっきの女性に見覚えがあるんだ」

ぼくのつぶやきに、ハルが息を呑む。車内は立ち客がいないくらいに空いていた。窓の外に父さんが暮らしている街並みが見えた。

「冬休みに、父さんが忘れた書類を会社に届けたんだ。そこで父さんと高橋さんが一緒にいるところを見かけたことがある。父さんの同僚だったんだ」

「じゃあ、それって……」

女性の口ぶりでは会社での父さんの様子を知っている風だった。杏奈の父親にでも訊ねれば関係性はわかるかもしれない。母が高橋さんの存在を知っているかわからないけど、どちらについても調べる気は起きなかった。

「あの頃の父さんは本当に辛そうで、だからこそ力になりたかった。そのために『春に君を想う』を描いた。でも父さんは、ぼくが助ける必要なんて全然なかったんだな」

目を強く閉じると、眼球の奥に軽い痛みを感じた。

「どうして悲しいラストが嫌いなのかわかった。現実がこんなにも苦しいんだ。それなのにどうして、物語でも辛い気持ちにならなくちゃいけないんだ」

電車が次の駅に到着し、乗客たちが乗り降りする。ハルが突然、痛いくらいの力でぼくの手を握りしめた。

「悲しい物語が語られる意味はあるよ。どんなに大切なものでも、いつかは必ず失うことになる。だからこそ乗り越える準備をするために、悲しい結末は存在するんだ」

ハルの手は冷たくて心地良かった。発車ベルが鳴り、ドアが閉まる。

「そして大事なことが、本当に大事だったと忘れないために、悲しい物語は、これからもずっと生み出されていくんだよ」

ハルの言うことに納得できない。どう言い返そうか悩んでいるうちに、そのまま無言の時間が続いた。

車内アナウンスが流れ、最寄り駅が近づいていることを知る。

いつの間にか眠っていたらしい。ハルは手を握ってくれていたが、不自然なくらいの熱を帯びていた。横を向いたぼくは目を疑う。ハルの顔は青ざめ、呼吸がひどく荒かった。大量の汗をかき、顔は苦痛に満ちていた。

「ハル？」

呼びかけた瞬間、電車が大きく揺れた。それを合図にハルが崩れるようにもたれかかってきた。全身に汗をかいている。もう一度呼びかけるけれど返事がない。

直後に電車は駅のホームに到着する。ハルを無理やり抱きかかえて車外まで運び、ぼくは限界まで大きな声で駅員を呼んだ。

救急隊が駆けつけたとき、ハルは意識を失っていた。担架で救急車に運ばれる。ぼくは友人と名乗り、付き添いのため一緒に乗り込んだ。

救急隊に病気について質問されたが、何も答えられなかった。ハルはこれまでずっと自分の病気を明かそうとしなかった。通院していた病院だけ告げると、救急車はサイレンを鳴らして発進した。

ハルが診察室に搬送される。廊下のベンチに座って待っていると、程なくしてハルの両親がやってきた。

ハルの父親は目元がそっくりで、母親は鼻と唇、輪郭が瓜二つ《うりふた》だった。救急車を呼んだことへの感謝を告げられ、その後はハルの顔を見ることなく家路についた。

丸一日空け、ぼくはお見舞いに向かった。ハルは個室に入院していて、パジャマ姿でベッドに横たわっていた。消毒液の臭いがする中で、ノートパソコンとポケットWi－Fiを駆使して映画を観ている。

「調子はどうだ」

ハルは名残り惜しそうに、映像を一時停止した。

「すぐに現場に復帰して、映画を完成させてみせるよ」

「まずは元気になることだけ考えろよ」

ぼくが気遣っているのは、映画ではなくハルの体調だ。的外れだけどハルらしい返事に、思わず笑みがこぼれてしまう。するとハルはノートパソコンを静かに閉じた。

「映画より優先するべきことなんてこの世にあるの？」

当然といった口調に、ぼくは二の句が継げない。表情こそ微笑んでいるが、目が笑っていなかった。ハルはノートパソコンを脇にある台に置いた。

「ようやくやりたいことが見つかったんだ。病気なんて下らないことで中断しなくちゃいけないなんて絶対に馬鹿げてる」

ハルが拳を握りしめた。病室の窓から夏の太陽が照りつけている。ハルの顔色は倒れたときとあまり変わっていない。

「やりたいことって何なんだ」

「わたしは映画スターになるの。それも大元の意味でね」

ハルは悪戯《いたずら》めいた笑みを浮かべる。

「意味がわからない。詳しく教えてくれ」

「短い言葉で説明なんてしたら意味ないよね。でもわたしは、そのためなら全てをなげうつことができる」

マンガや映画、小説や舞台などは消費するのに時間がかかる。短い言葉の優れた教訓は世の中に溢れているのに、長い物語を紡ぐ必要があるのかと考えるときがある。

結論から言えば意味はある。たった数個の単語では言い表せない、得体の知れない何かを届けるために、創作者は労力を費やして物語を生み出すのだ。

「わかったよ。最後まで映画作りを見届ける。また映画作りに参加させてくれないか」

「大歓迎だよ」

創作者としてのハルを、また信じようと思った。今はまだわからないけれど、脚本を変えたことには理由があるのだろう。ハルがしてやったりという笑みを浮かべる。腹立たしいけれど、どこか楽しみに感じる自分がいた。

「それじゃ、そろそろ行くよ」

ハルの顔に疲労の色が見える。長く話しすぎたようだ。椅子から立ち上がりベッドから離れると、背後でハルが小さくつぶやいた。

「……フローレン」

「何か言ったか？」

「ヒントだよ。せっかく教えてあげたのに、聞き逃すなんてもったいないな」

ハルがわざとらしく肩を竦める。何のヒントなのだろう。あえて聞きにくく言ったに違いない。同じ単語を二度繰り返したように思えたし、どこかで聞き覚えがあるような気がした。問い詰めたい気持ちもあったけれど、ハルは頭まで布団を被ってしまう。多分もう二度と口にしてはくれないだろう。

病室を出て、廊下を進む。そこで突然名前を呼ばれた。

「佐藤ナオトくん」

顔を向けるとハルの母親がいた。一昨日《おととい》初めて顔を合わせたばかりだ。ぼくは会釈をする。ハルの母親は疲れが顔に刻まれていて、紙袋と日傘を手に提げていた。

「少しお話をしてもいいかしら」

力のない声だった。ぼくはうなずき、ハルの母親についていく。

ハルの母親は中庭で日傘を差した。ベンチに座ると植木の緑が一望できる。青々とした葉が強い光に照らされ、色合いを濃く見せていた。作業服を着た清掃員がゴミ拾いをしている。どこかで見覚えのある作業服だと思った。

「娘の病気は、あなたの想像よりずっと深刻です。薬のおかげで安定していたはずでした。それなのにどうして急に容態が悪化したのかわからないんです」

ハルの母親はハンカチでひたいの汗を拭き、娘のことを話しはじめた。

「あの子は映画のことになると、他のことが何も見えなくなります」

ハルは祖父の影響で映画が好きになった。小学校低学年の時期からテレビでの映画番組に夢中になり、お小遣いは全て映画鑑賞に費やした。誕生日やクリスマスプレゼントは映画のＤＶＤをねだっていたそうだ。小学校中学年で父親のコンパクトデジタルカメラの動画機能で映画を撮りはじめたという。

そしてハルに影響を与えた祖父は、ハルの中学時代に要介護状態になった。

「慣れない介護に翻弄され、当時の私は精神的に参っていました。見かねたあの子は念願だった映画部を辞め、介護を手伝ってくれました。認知症で別人のようになった祖父の世話を手伝わせてしまったことで、あの子には辛い思いをさせてしまいました」

パジャマ姿の子供が中庭を走り回っている。何のために入院しているのか不思議なくらい、元気な笑い声を上げていた。

「高校に入ったら思い切り映画を撮るんだと言った、あの子の笑顔を覚えています。ありがたいことに大きな評価もいただけて、娘の毎日は親から見ても充実していました。それなのに昨年の秋、突然病気が発覚して……」

ハルの母親がぼくに顔を向けるけれど、日傘の影が表情を隠していた。

「医師から安静を言い渡され、娘はずっと塞ぎこんでいました。でもそんなある日、最高の原作と出会ったと嬉しそうに話しはじめました。あなたのマンガのことです。でもだからこそ、あの子とはもう関わらないでください」

ハルの母親が立ち上がり、深々と頭を下げる。

地面にできた日傘の影は輪郭がはっきりしていた。

「本当ならあの子に映画を撮らせてあげるべきなのかもしれません。ひどい親だとわかっています。でもこれ以上、ハルが無理をする姿を見たくないんです」

「……考えさせてください」

逃げるように立ち上がり、その場を後にする。ハルの母親がずっと視線を向けている気がして、一度も振り返ることができなかった。

病院の敷地内から出たところでスマホが鳴った。ハルからのメッセージで、明日の早朝から撮影を開始するという内容だ。退院が決まったのかと期待をして読み進めたが、その文面に思わず声が出そうになる。

『明け方に病院から脱走するから手を貸して』

再び台風が接近し、明後日から天気が崩れるらしい。明日を逃すとしばらく撮影できない可能性があった。無謀な行動に出るとわかっていたから、ハルの母親はぼくに忠告をしたのだろう。

ぼくはハルの病名さえ教えてもらっていない。緊急時の対処法さえ知らない人間が、軽率な行動なんて取るべきではないのだ。

だけどぼくは一度ハルとの約束を破っている。だからこそ二度と期待を裏切る真似はしたくなかった。

脱走には協力者がいる。スマホを操作して、心当たりにメッセージを送った。炎天下で待っていると、スマホはすぐに返事を受信した。

4

病院前から駅までのバスは、午前五時五十分が始発だった。ぼくはそれにハルを乗せて病院から脱出させることにした。

決行の朝、大荷物と一緒に病院近くに到着する。日の出直前の空はうっすらと白んでいた。ぼくは物陰で着替えてから裏口に近づく。

「おはようございます」

目深に帽子を被りながら、慌てた素振りで裏口のドアを開ける。そして警備員室に向けて挨拶する。ぼくの今の恰好は清掃員の作業服だ。病院内にいる清掃員の服は、映画部の部室に置いてあった作業着にそっくりだった。市内大手の会社の制服の中古品が映画部まで回ってきたらしい。

脱走にあたって杏奈に相談すると、母親の見舞いで知った情報を提供してくれた。ハルが入院しているのは、杏奈の母親が手術をした病院なのだ。

正面玄関は夜八時以降から朝八時まで閉ざされる。時間外の出入りは裏口からだけだが、問題は警備員が常駐していることだった。

見舞い客や患者の出入りは事前申請した上で名前を照合し、名簿に記録を残す必要がある。時間外の申請は原則的に親族だけで、相応の理由がないと許可されない。

ただ、杏奈は時間外に清掃員が会釈だけで出入りする姿を目撃していた。そこで清掃員に成りすまして侵入することにしたのだ。

「遅刻かい」

通り過ぎる直前で警備員に声をかけられる。定年過ぎぐらいの年齢の男性だった。

「初日から寝坊してしまって」

他の清掃員はすでに院内にいるはずなので、ぼくは遅刻した新人という設定だ。

「大変だな。しっかりしてくれよ」

それだけ言って、警備員は黙り込んだ。目の前を通過し、安堵のため息をつく。院内への侵入は何とか成功だ。本物の清掃員に見つかる前に近くの男子トイレに滑り込み、入院患者を装うためパジャマに着替えた。

ハルの病室に急ぐ。途中ですれ違った清掃員に会釈をして、三階にある個室前に到着する。ノックをしてドアを開けると、薄暗い部屋でハルが待っていた。

「作戦は順調みたいだね」

ハルは脱走すると記した書き置きを枕の下に差し込んだ。

「急ごう」

顔色は前日以上にわるくなっていた。脱走を選ぶ理由は台風のためだけではないのかもしれない。バッグから紙袋を取り出し、受け取ったハルが笑顔を浮かべる。

「覗かないでよ」

「早くしろ」

ぼくは後ろを向いて目を閉じる。背後で衣擦《きぬず》れが聞こえた。窓の外は徐々に明るくなりはじめている。バスの出発時間は刻一刻と迫っていた。

「いいよ」

振り向くとハルは看護師の恰好になっていた。杏奈からは清掃員以外に、看護師も裏口から自由に出入りできるという情報を得ていた。そこで部室にあった衣装のナース服を利用することにしたのだ。ハルは恥ずかしそうな素振りも見せず、個室の壁にある鏡の前でポーズを決めた。

「正直似合わないね」

「同意する」

ナース服は本物らしいが、ハルが着るとなぜかコスプレみたいな違和感がある。だが似合うかは問題ではない。ぼくたちは二人で連れ立って病室を出た。

着替えを済ませただけで、ハルの顔に疲労が浮かんでいた。少し歩くだけでも息が切れている。清掃員の近くを通る際には、患者と付き添いの看護師を装う。だが実際にはぼくがハルの身体を支えていた。

足音が聞こえて立ち止まる。曲がり角を覗きこむと、先に看護師がいた。ハルのコスプレでは一目で見破られてしまう。順路を変え、遠回りで廊下を進んだ。

慎重に道を選びながら裏口に戻ってくる。ここを突破すれば脱出成功だ。ぼくは先ほど会話をしたため、ハルの身体で顔を隠す。ハルは看護師姿で警備員に声をかけた。

「患者さんの家族が外まで迎えに来ています。見送りをするので通りますね」

「んん？」

警備員がハルの顔をじっと見つめ、心臓の鼓動が速まる。

「見ない顔だな。新人のナースか。ちょっと顔色がわるいな」

「夜勤が続いたせいですね。ご心配ありがとうございます」

警備員は人懐っこい笑みをハルに向けた。

「あまり無理はするなよ。仕事がんばってくれや」

「ありがとうございます」

ハルが礼儀正しく返事をして、ぼくたちは裏口から外に出た。

早朝の澄んだ空気を全身で感じる。病院にいる間に外は明るくなっていた。背後で扉が閉まった瞬間、同時にため息をつく。

「堂々としていれば怪しまれないんだね」

「ハルの演技もうまかったよ」

笑いを堪《こら》えながらバス停に急ぐ。ベンチでは乙羽さんが待機していた。ハルの顔色を心配そうに見つめながら、常温のスポーツドリンクを差し出した。

ハルはナース服が目立たないよう薄手の上着を羽織る。バスはすぐにやってきて、乗り込んでからようやく作戦成功を実感した。

遠ざかる病院を横目に見ながら、ハルが口元を綻ばせた。

「楽しかった。脱出は映画の華だね。雨に打たれながら両手を広げたいけど、今降られたら撮影に影響するから困るよなあ」

ハルの言葉に乙羽さんが笑みを浮かべるが、ぼくには相変わらず元となるネタがわからない。バスは駅に向かっていく。ナース服と私服姿の女性とパジャマ姿の男性の組み合わせは奇妙だが、駅のトイレで着替えを済ませる手はずになっている。

ぼくはあの警備員に、脱出に気づけなかったことへの処分が下らないことを願った。空には雲一つない。バスの窓から差し込む光が、昼間の暑さを予感させた。

最後の撮影場所は湖のほとりだった。フィルムコミッションが紹介してくれた場所で、バスと電車を乗り継いだ先にある。到着した時点で朝の八時過ぎだった。ハルの母親や看護師が書き置きに気づく頃合いだろう。念のためハルや乙羽さんのスマホの電源は切ってあった。

湖は森に囲まれ、水が澄んでいた。水面が穏やかに波打ち、野鳥が遠くで鳴いている。環境のせいなのか蟬の声があまり響いていないのが幸いだった。

現場には先にスタッフたちが到着していた。出演の終わった役者の姿も見える。クランクアップに立ち会うために集まってくれたのだ。

機材のセッティングやカメラ位置なども、ハルが指示する前に終わらせていた。長い期間、一緒に撮影をしていたからこそ可能なのだろう。

ハルは木陰で休憩を取ってから、ぼくの肩を借りてみんなの前に立った。Tシャツにカーゴパンツという動きやすい恰好に着替えている。ハルの顔色が想像よりわるかったのだろう。スタッフたちに動揺が走るのがわかった。

「今日は最後の撮影です。みなさん、気を引き締めていきましょう」

ハルがカメラに近づくと、亀山先輩が行く手を遮った。二人がにらみ合うように視線を交わす。それから亀山先輩が目線を外し、ハルにカメラ位置について説明をはじめた。ハルは細かいリクエストをして、二人で微調整を進めていった。

映画撮影においてハルの最も近くにいたのは、間違いなく亀山先輩だ。ぼくはハルに肩を貸しながら、衝突しながらも信頼で結ばれた二人に少しだけ嫉妬した。

杏奈と江木沢くんが指定された場所に立ち、リハーサルがはじまる。ハルの演技指導を二人は忠実に再現した。そして期待に充分に応えた上で、新たな解釈をハルに提示する。考えをぶつけ合い、その結果としてよりよいものが生まれる。多人数で生み出す創作物として理想のかたちなのだと思った。

リハーサルを終え、乙羽さんが数メートルの長さのガンマイクを構える。腰を落とし、両足で踏ん張る乙羽さんは炎天下でも微動だにしない。他のスタッフたちもいつも以上に真剣な眼差しで撮影に臨んでいる。

映画作りが多くの人に支えられていることを、ぼくは現場を通して知った。制作進行がいなければスムーズな撮影は無理だったし、助監督たちもハルの指示を的確に実現させている。他にも挙げればきりがない。全スタッフがありったけの力を注いだ先に、今この瞬間があるのだ。

「監督、準備が終わりました」

チーフ助監督の報告に、スタッフの視線が集まる。ハルはぼくに支えられながらカメラ脇に立つ。ハルが目を閉じて深く息を吸い、ぼくだけに聞こえる声量でつぶやいた。

「どうしよう。まだ撮り終えていないのに、幸せでどうにかなりそうだ」

ハルが片手を上げる。その瞬間、小さいながら騒がしかった蟬の声が一斉に止んだ。

そしてハルは今までで一番大きな声を上げた。

「よーい、スタート!」

腕が振り下ろされ、カチンコの甲高い音が湖畔に響き渡る。山の空はどこまでも青く澄んでいて、夏の光は世界の輪郭をくっきりと浮かび上がらせていた。

撮影は順調に進んだが、先にハルの体力が限界を迎えた。最後のカットを目前に座り込み、木陰で休むことになった。スポーツドリンクを口にして、ハルは深く息を吐く。あと少しで撮影が終わるが、今さらながら後悔しはじめていた。ぼくはハルの病気について何も知らない。両親は必死で居場所を探しているはずだ。どれだけハルが望んでも、常識で考えれば連れ出すべきではなかったのだ。

「どうして、ここまでするんだ」

ぼくの声は情けないくらい震えていた。

「ナオトならわかるでしょう」

ハルは視点も定まらず、呼吸が荒かった。そんな状態なのに立ち上がろうとして、すぐに尻もちをついてしまう。

「ナオトのマンガにかける情熱だっておかしいよ。痛みを覚悟してまで、父親に会うことを選んだ。あれだって気持ちに決着をつけてマンガの糧にするためだよね」

「ぼくのために背中を押してくれたのか？」

冷静に考えれば、父さんとの問題に決着をつけることと、映画作りの関連性は薄い。

「何を言ってるの。わたしの映画のためだよ」

ハルは鼻で笑うが、背中は汗でびっしょりだった。ぼくは今度こそ、立ち上がるのを両手で支える。休憩中にみんなが準備を整えてくれていた。あとは本番だけだ。ハルがカメラの横に立ち、亀山先輩がスイッチを入れるのに合わせて腕を上げる。

江木沢くんが水辺で杏奈を抱きとめていた。

歪んだ運命に打ち勝ち、桜は能力を失う。運命の鎖から解放された桜は、自らの意志で危機に瀕《ひん》した空の命を救おうとする。そして桜は致命傷を負ってしまう。

スタッフたちの緊張感が伝わってくる。ハルが息を吸い、背筋を真っ直ぐ伸ばした。

ハルの合図で最後の撮影がはじまる。

「どうして来てくれたの？」

「離さないと約束しただろ」

杏奈の声はひどく弱々しい。江木沢くんが歯を食いしばり、両目から涙を流す。太陽の光を湖が反射して、ゆらゆらとした影が二人に映った。

杏奈の瞳からも涙がこぼれ落ちる。

「ありがとう」

杏奈が安らいだ笑みを浮かべる。穏やかな声音は、そこにいる桜が本当に幸せだったことを伝えていた。夏の陽射しに照らされ、二人の姿は光の中に溶けてしまいそうだ。

身体を震わせながら、杏奈が江木沢くんの頬に手を伸ばす。

「ずっとそばにいてあげられなくてごめんね。……大好きだよ」

風が二人の髪の毛を撫でながら通り過ぎる。杏奈の腕が力を失い落下する。その様子は本当に桜の命の火が消えた瞬間に感じられた。江木沢くんが言葉にならない叫び声を上げる。何度揺さぶっても、どれだけ強く抱きしめても杏奈は反応しない。

ぼくは自分が泣いていることに気づく。桜が死ぬ結末なんて望んでいなかった。それなのに感情が揺さぶられ、目の前の光景から目が離せない。

「カット。OKです」

病気を感じさせない凜とした声だった。江木沢くんと杏奈をはじめ、スタッフたちの緊張が緩む。最後のシーンを目の当たりにして、何人かのスタッフも涙を流していた。

「以上で全ての撮影は終了です。みなさま、長い間お疲れさまでした」

撮影はクランクアップを迎えた。安堵の空気が流れ、誰かが拍手をはじめた。それは自然と広がり、スタッフたち全員が手を叩き続ける。

「がんばったな」

たくさんの拍手の音に包まれる。そこで突然、ハルを支える腕に重みを感じた。ハルがもたれかかってくる。目を閉じていて、全身から力が抜けていた。

「ハル！」

呼びかけるとハルはうっすらと目を開けた。呼吸が浅くて、暑いのに汗を全くかいていない。乙羽さんが駆け寄り、亀山先輩がスマホで救急車を呼んでいた。静かだったはずの森で、蟬が一斉に鳴きはじめる。

ハルが笑いかけ、ぼくの頰に手のひらを添えた。だけどすぐに脱力し、腕がだらりと垂れ下がる。杏奈が運んできた毛布にハルを横たえる。蟬の声が騒々しいくらいに耳元に迫ってくる。

何度呼びかけても、ハルは反応してくれなかった。

5

住宅街にある二階建ての一軒家の前に立ち、玄関先のチャイムを鳴らした。表札に木崎と書かれている。

焦茶色のドアとツツジの庭木に見覚えがある気がして、すぐに思い出す。先日、ハルの作品を一気に観たのだが、その中の一場面に使われていたのだ。

名前を告げると、事前に訪問は伝えてあったのですぐに玄関が開いた。ハルの母親が複雑そうな表情でじっと見つめてきた。

「先日は申し訳ありませんでした」

深々と頭を下げるが、ハルの母親は無言でぼくを家の中に促した。

「お邪魔します」

靴を脱いで家に上がると、柔軟剤の香りがした。ハルの母親は黙ったまま奥に進む。重い空気の中、追いかけて階段を上った。階段の板が軋む音がする。二階の廊下でハルの母親が立ち止まった。

「奥が娘の部屋です」

「ありがとうございます。あの……」

ハルの母親は脇を通り過ぎ、階段を降りていく。脱走の手助けをしたぼくは許しがたい存在なのだろう。家に上げてくれただけで感謝すべきなのだ。ハルの部屋の前で深呼吸してからノックする。

「入って」

ドアを開ける。ハルはベッドで横になり、普段通りの調子で挨拶をした。部屋は冷房が適度に利いている。ベッドで使用できる形状のテーブルにノートパソコンが載っている。脇の台にヘッドホンや外付けのハードディスクなどが置いてあり、ノートパソコンにケーブルで繋がっていた。

「調子はどうだ？」

ベッド脇の椅子に腰かける。部屋は薄暗くてディスプレイの光が煌々と目立っていた。デスクの上にたくさんの薬が置いてあり、棚にはＤＶＤや映画に関する書籍が大量に並んでいる。ハルが小さく息を吐いた。

「編集作業は順調だよ」

体調について聞いたのに、答えはやっぱり映画に関することだ。ハルと会うのはクランクアップ以来、十日ぶりになる。あの日よりも顔色が良くなっている気がした。

撮影直後、ハルは救急車で運ばれた。車輛《しゃりょう》には乙羽さんが付き添い、電話でハルの両親にも報告したそうだ。ぼくや杏奈を含めた数人の映画関係者は病院に向かい、残りのスタッフが片付けを担当してくれた。だけどハルには会えなかった。母親がハルを連れ去ったことに激怒していたためだ。

数日後、乙羽さんを通じてハルの退院を知らされた。その後は全く音沙汰がなかったが、昨日ハルからスマホにメッセージが届いた。ぼくは言われるがまま、知らされたハルの自宅を訪れることになった。

「ごめん、お母さんの態度が冷たかったよね」

「仕方ないよ。それだけのことをしでかしたんだから」

「今はああだけど、普段は映画作りにも理解を示してくれてるんだ。わたしが撮影を強く望んだことも、映画部の面々がその意を汲んだだけなのもわかってるから」

ハルの母親なら、娘がどれだけ映画を愛しているか知っているのだろう。玄関からハルの部屋に向かう途中、開いていた扉からリビングが見えた。棚の上に並んだトロフィー類は多分、ハルが映画祭で獲得したものだと思われた。

「それで編集作業の何を手伝えばいいんだ？」

ノートパソコンのディスプレイを覗きこむ。撮影された映像がフィルムのように連なり、他にも数字やグラフなどが表示されている。

「別に何も。暇なときの話し相手をしてくれればいいよ」

編集については全くの無知なので、何もしなくていいと聞いて少し安心する。だけど興味があったので編集作業のコツなどについて質問すると、ハルは編集こそが映画の本質だと言い切った。

「映像はあくまで料理における素材に過ぎない。元の素材が優れていることは大事だけど、編集で映像を切り貼りすることが映画の質を決定づけるの」

同じ映像でもどのタイミングで切り替えるかによって作品のテンポが変わる。同一のシーンでも、前後にどんな映像を加えるかによって意味合いが変わってくるらしい。選択肢が無数に発生する中で、信じる道を選び取るのが編集作業の肝なのだそうだ。

「欧米では監督に編集権が与えられていない場合さえある。プロデューサーやスポンサーなど色々な意向の上で編集された作品に、監督が異論を唱えることも珍しくない。ソフト化されたときに収録されるディレクターズカットは、監督が編集を担当したバージョンって意味なんだよ」

ハルがパソコンを操作し、杏奈が目を細める映像を再生した。

「これを見て」

杏奈の映像の途中に、赤ん坊の映像が差し込まれる。すると杏奈が赤ん坊を慈しんでいるように見えた。次にハルは赤ん坊の映像を、戦争の記録映像に変更した。その途端、杏奈の表情が悲しんでいる印象に様変わりした。

「こんな風に順番を変えるだけで映像の意味が変わるんだ。だからわたしたちが苦労して撮影した素材も、編集次第では名シーンにも睡眠薬にもなるわけ」

ハルがフォルダをクリックすると、大量の動画ファイルが並んでいた。撮影期間は二ヶ月にも満たない。それなのに動画は無数にあり、ぼくには何のシーンか把握することさえできそうになかった。

「こんなに撮影したんだな」

「シナリオ通りにそのまま素材を繋げれば四時間近くになるだろうね」

「そんなに？」

平均的な映画は二時間くらいというイメージだ。

「でも、単純に繋げただけじゃ作品にならない。だから映像を取捨選択して、最良の映画に仕立て上げるんだ。今回の場合、最適な長さは六十分強くらいかな」

「三時間も削るのか」

撮影に付き合ったシーンなら全て鮮明に思い出せる。どの場面にも困難が付きまとい、苦労の果てに撮り終えた。それを削るなんて、想像するだけで心が拒否反応を起こす。

「ハリウッドで活躍するプロでさえ、もったいない気持ちを抑えられない。苦労して撮影した映像に固執する余り冗長になり、駄作になった映画は数え切れない」

ハルの編集作業を見守る。たくさんの映像が画面上で繰り返し再生された。

観察していると意外な発見があった。撮影中、明らかに不要だと思った場面が、実際にはシーンを繋げるための緩衝材になった。逆に現場で盛り上がったシーンが他の映像とどうしても合わない。他にも亀山先輩が念のためと撮影した何気ないシーンが、編集によって印象深くなることもあった。

「撮影の前後に余裕を持たせていたのは編集のためだったんだな」

「ぎりぎりでカットをかけると、シーンの繋ぎのときに困るんだよ」

ハルは台詞や演技が終わってからも数秒間、間を置いてからカットをかけていた。それは編集を見据えていたからなのだ。

集められた映像の断片が、編集作業によって映画に生まれ変わる。その際に編集を行う人の意向が色濃く反映される。ハルの強烈な意志によって物語は原作から遠ざかり、全体に別れの空気が満ちていく。だけどもう何も言わないと決めていた。

「実は編集作業が一番好きなんだ。編集によって最終的に作品の質が決定づけられる。だからこそ観客と一番近い位置にいるように思えるの」

今まで物語は一直線に進むものであり、並び替えることなど考えもつかなかった。マンガの参考になるかもしれないと思い、集中するぼくは自然とノートパソコンに顔を近づけていた。

「ちょっと邪魔」

頭がハルの視界を遮っていたらしい。画面を見つめるハルの顔が目の前にあった。ハルの唇は色が薄くて、ぼくはつばを呑み込む。

「……何考えてんの」

「そっちこそ」

ハルも顔を赤くして目を逸らす。多分二人とも同じ月夜を思い出している。

「音素材を持ってきました。ああ、来てたのは佐藤さんだったんですね」

ノックの直後にドアが開き、乙羽さんが入ってきた。ぼくは慌ててそっぽを向く。ハルは何事もなかったかのような澄まし顔だが、耳が少し赤かった。何も気づいていない様子の乙羽さんがUSBフラッシュメモリをハルに手渡す。乙羽さんは気安い様子でベッドの端に腰かけた。

「確認をお願いします」

ハルがメモリの中身を確認する。それは効果音を集めたデータだった。砂利の上での足音や風の音など、収録できなかった音声を編集段階で付け足すのだ。ハルの要望に従って、録音スタッフが総出で集めてきたそうだ。

聴かせてもらうと、リアリティが感じられる音ばかりだった。現実よりも強調され、音だけで状況が目に浮かぶ。映像と組み合わせればさらに説得力が増すだろう。ぼくが絶賛すると乙羽さんは自慢気に胸を張った。

「録音部門が本気で作った音ばかりですからね」

映画の効果音は工夫に満ちているという。今回も殴る音のためにローストビーフ用の生肉を叩きつけたり、服が破ける音では鳴りやすい木綿を仕入れて裂いたりするなど、様々な試行錯誤の結果として生み出された音ばかりらしい。

ハルがヘッドホンを付けて音を吟味しはじめる。乙羽さんは明らかに緊張していて、ぼくまで怖くなってきた。確認を終えたらしいハルがヘッドホンを外した。

「アフレコは撮影現場で録音した？」

「正解。さすがハル監督ですね」

「素晴らしい出来だよ。役者たちにも感謝のメールを送らないとね」

「よかった」

ハルの言葉に、乙羽さんは満面の笑みを浮かべる。やり取りが気になって訊ねると、乙羽さんはアフレコの録音をスタジオではなく現場で行ったらしい。かすかな環境音や反響の仕方などが自然さに繋がるようだ。

映画制作は撮影が完了しても終わらない。編集や音入れなど、やるべきことはいくらでもあるのだ。映画作りから学ぶことはまだたくさんあるらしい。

一通りチェックを終えた段階で、ハルが大きくため息をついた。長居して無理をさせるわけにはいかない。ぼくたちは引き上げることにした。帰り際、ハルの母親に挨拶をする。やや気まずそうにしながらも、丁寧な別れの挨拶で見送ってくれた。

乙羽さんを家まで送ることにしたら、数分で到着した。すると玄関の前で乙羽さんが訊ねてきた。

「ハル監督の体調をどう思いました？」

「……元気そうに見えたけど」

「そうですか」

乙羽さんが目を細める。どんな感情が込められているのか全く読み取れない。

「どうかハルちゃんの嘘に騙されないであげてくださいね」

乙羽さんが踵を返して、自宅に入っていく。遠くで蟬が鳴いていた。ツクツクボウシの鳴き声を、ぼくは今年初めて聞いた気がした。


その後も毎日のようにハルの部屋に通った。編集に関しては全くわからないので、自作のネームを描くことにした。ハルから相談を受ければ応え、ぼくもネームでつまずいたら意見を求めた。

ハルの母親は徐々に話をしてくれるようになった。世間話程度だけど、ジュースやお菓子などを用意してくれた。乙羽さんも何度も見舞いに訪れていた。

ある日、ハルから相談を持ちかけられた。とあるシーンを削除するべきかどうかという内容だ。それは杏奈が台詞を失敗し、悩んだ末に成功した民家の場面だった。

頭の中で物語を組み立て、削除しても成立することに気づく。ハルの狙いを考えれば不必要だとさえ言えた。だが節目となった演技のため、採用されなければ杏奈も口惜しいだろう。作品の質を第一に考えるハルでさえも躊躇いを抱いている。

「残念だけど、削るべきだと思う」

「……そうだよね」

ハルがマウスを操作して、動画ファイルを没フォルダに入れた。

「大事なことを伝えるためには、思い入れが深くても捨てるべきことはあるんだよね。でも全部が消えるわけじゃない。たくさんの撮影をして、厳選した末に映画は誕生する。表に出ない映像にも意味はあると思うんだ」

没フォルダにたくさんの動画データが並び、扱う映像も終盤に差しかかってきた。ハルは繰り返し、頭から通して映像を眺めている。

ハルがヘッドホンを外し、大きく伸びをした。

「そろそろ完成しそうか？」

「あとひと息かな。それでなんだけど、残りはわたしだけで編集しようと思うんだ。ナオトには完成品を観てほしいから」

ハルが挑戦的に口元の片方だけ上げる。出来上がった状態で叩きつけ、受け手に衝撃を与えたい気持ちは作り手としても理解できた。

「わかった、楽しみにしてるよ」

最後まで作業を見届けたいが、まっさらな気持ちで観たいという想いもあった。気持ちを尊重して家を後にする。ハルは調子が良いらしく見送りに来てくれた。

「それじゃ、またな」

「期待していてね」

しばらく歩いてから振り向くと、ハルは門の前で手を振ってくれていた。ツクツクボウシが鳴いている。この別れ際のハルの姿をもっと記憶に刻んでおくべきだったと、ぼくは後で悔やむことになる。八月も終わるのに暑さは変わらず、アスファルトの道の先が熱気のせいで揺らめいていた。

6

夏休みが終わる直前、ハルから映画部の関係者に連絡が届いた。

ひさしぶりに高校に赴くと、運動部が校舎の周りをランニングしていた。部活のために登校する生徒は多い。気温はまだまだ高く、視聴覚室に入ったぼくはエアコンの涼しさにひと息ついた。

今日は映画『永遠に君を想う』の完成披露試写会だ。上映の三十分前に到着したが、会場には大勢の人が訪れていた。スタッフや出演陣、教師やスーツ姿の大人も見える。ハルが参加したことのある映画祭や、フィルムコミッションの関係者だと思われた。

「やっほー。前の席取っておいたよ」

先に来ていた杏奈が手を振る。近くに寄ると最前列の中央を確保していた。長机にアンケート用紙が置いてある。ハルも来場するはずだが、どこにも姿がない。

上映時間が近づき、映画部員たちが忙しなく動き回っている。人の出入りが多いせいで、部屋の気温が上がっていく。亀山先輩は隅の席でふんぞり返っていた。江木沢くんは演劇部の人たちと一緒で、乙羽さんはミキサーの前で何かを調整している。

「いよいよ上映だね」

杏奈は映画撮影時より緊張した面持ちだ。スクリーンはほぼ真正面にあり、緊張を抑えるため深呼吸をする。視聴覚室は満席で、立ち見客も出ている。

視聴覚室の扉が閉まり、乙羽さんがマイクを手に壇上に立った。室温は汗ばむくらいになっている。スピーカーがハウリングを起こした後、乙羽さんが咳払いをした。

「本日はご来場いただき誠にありがとうございます。ただ今より映画部最新作『永遠に君を想う』の完成披露試写会を行います。残念ながら監督の木﨑ハルは体調不良により欠席いたします。何卒《なにとぞ》ご了承いただけますようお願いします」

会場から落胆の声が上がる。昨日交換したメッセージでは体調は回復したとあったが、当日になって悪化したのだろうか。

「残念だね」

杏奈のつぶやきにぼくはうなずく。観客の生の反応を観たかったはずだ。編集中のハルの顔が頭に浮かぶ。きっと悔しい思いをしているだろう。

部屋が明るいままプロジェクターのスイッチが入り、スクリーンに光が照射される。遮光カーテンが閉められ、外からの明かりが入らなくなった。蛍光灯のスイッチが切られると、暗闇のスクリーンにパソコンのデスクトップ画面が表示される。

会場が静まり、緊張と期待が高まっていく。エアコンが利いてきて、汗で濡れたシャツを冷たく感じた。横の杏奈も真剣な眼差しだ。乙羽さんがパソコンを操作して、動画再生ソフトを立ち上げた。数字の5が大きく表示され、順に減っていく。

5、4、3、2、1。

映画が、はじまる。

スタッフロールが流れ、部屋の灯りが点く。

次の瞬間、観客から拍手が湧き起こった。

カーテンが全開になり、目が痛いほどの光が教室に入りこむ。最前列から振り返って観客の反応を観察する。この光景を、後でハルに伝えるのだ。誰もが満足そうな顔で、すすり泣きをしたり、ハンカチで目元を押さえている人たちもいた。

「すごかったね」

隣の杏奈も目を赤くしている。ぼくは無言でうなずいて返事をする。涙をこらえているせいで、下手に喋ると震え声になってしまいそうだ。江木沢くんは大きな拍手をしていて、周囲の演劇部の面々から声をかけられていた。亀山先輩は目を閉じて、感慨深そうに唇を引き結んでいた。

ぼくは編集作業の重要性を思い知った。どうすれば観客が最も面白いと感じるか、限界まで考え抜いた上で作品を生み出している。ハルの持つ最大の魅力は、徹底して観客を楽しませようとする強靱《きょうじん》な意志なのだ。

原作を描き、撮影に携わり、編集に同席したことで改めて理解した。無数の選択肢から最善の一手を探し出すための根気と、自分を信じて選び取るときの恐怖を。

創作者は誰もが同じ不安を抱く。しかし妥協の結果、安易な選択をしてしまう。だけどハルは誰よりも自分の意志を貫く。きっとそれはハルだけが持つ資質なのだ。

面白さを徹底するハルの方法論は、人によっては陳腐だと感じるだろう。だが今回は脚本の変更によって薄まってはいるものの、原作の持つ雰囲気が異物感を与えている。今までのハルの作品にない独創性を感じさせる映画に仕上がったように思う。

拍手は鳴り止まない。そこで乙羽さんがぼくのいる席に近づいてきた。乙羽さんは目を潤ませ、一通の手紙を差し出した。

「完成データと一緒に託されました」

封筒にハルの名前が書いてある。

逸る気持ちを抑えて封を切ると、数枚の便箋が出てきた。

何度も手紙を書こうと挑戦したけど、どうしても恥ずかしくて無理だった。だからファンレターとして出すことにした。ペンネームは久瀬ナオトでいいんだよね。

というわけで改めて。

＊

久瀬ナオト様へ

突然のお手紙失礼します。ファンレターを出すのは初めてなので、乱筆乱文をお許しください。

私は、久瀬先生の大ファンです。『春に君を想う』を初めて読んだとき、桜と空の他者を想う優しさ、そして逆境にも負けない強さにとても感動し、心打たれました。もう少し久瀬先生が教室に入ってくるのが遅ければ、多分私は教室で号泣していたことでしょう。

『春に君を想う』を読んだとき、すぐに映像化したいと考えました。この作品を映画化するために生まれてきたのだと、冗談抜きで思ったくらいです。

でも同時に不安でした。きっと私は、あの漫画の面白さを損なってしまう。正直、映像化する自信は全然ありませんでした。

その上、内心では尊敬さえしていた久瀬先生が、映画作りに参加するとまで言い出すのです。あの時の私の混乱を、きっとあなたは全然わかっていなかったでしょうね。

本当に不安な毎日でした。でも久瀬先生は一生懸命、私の映画作りを支えてくれました。あなたの言葉が、あなたの行動の一つ一つが、私の心にあった恐怖を消し去ってくれました。本当に感謝しています。

でも手紙を書いている今、不安は前以上に大きいです。私は、私の信じるように映画を完成させました。後悔はしていません。でも原作と大きくかけ離れた『永遠に君を想う』を観て、久瀬先生はどう考えるでしょうか。

もしかしたらものすごく怒っていて、私の手紙なんて読みたくなくなっているかもしれませんね。

本来なら映画の責任者として、原作者の意見を正面から受け止めるべきなのでしょう。だけど上映会の時点で、私は治療のために家族と一緒に遠く離れた病院に転院しています。父の転職もあって、自宅も売却することになりました。

原作を改変した立場で言うのは説得力がありませんが、私は『春に君を想う』の結末が本当に好きです。絶望の底にありながら生きる希望を失わない桜や空の姿は、私に力を与えてくれました。私にとって『春に君を想う』は、暗闇の中に差し込んだ一筋の光でした。

『春に君を想う』を読ませてくれて、映画化の許可を出してくれて、心から感謝しています。ありがとう、さようなら。直人《なおと》に出会えて、本当に良かった。

木﨑　晴《はる》

顔を上げると、乙羽さんは涙をこらえていた。

近所に住み、家族同士の付き合いがあるのだ。状況はすでに把握しているはずだ。手紙の最後にある日付は一昨日になっていた。

「引っ越し先を聞いたんですが、治療に専念したいから内緒だと言われちゃいました。ひどいですよね。本当にハルちゃんは昔から自分勝手です」

スマホを取り出し、SNSのアプリを立ち上げた。ハルはアカウントを消していた。電話をしてみたが、都合により解約されたというアナウンスが流れた。

「どうしてだよ」

会場の拍手は収まったが、未だに熱気に包まれている。この空気を一緒に味わいたかった。治療のために家族と引っ越すのは仕方ないことだ。それでもお別れの前に、一言でもいいから教えてほしかった。すすり泣きに紛れて、ぼくは両目を手のひらで覆った。

文化祭で上映された『永遠に君を想う』は大好評を博した。上映前に行列ができて、立ち見も出たせいで、急遽《きゆうきよ》上映回数を増やすなど映画部は対応に追われていた。客層も老若男女問わず幅広く訪れていた。

評判はおおむね高かったが、一方で批判もあった。ぼくも映画部に頼んで上映後に観客から回収したアンケートを読ませてもらった。部員の話によれば、今までのハルの作品と較べて否定的な声が見受けられるそうなのだ。

映画の好みは人それぞれだ。出来不出来という視点で見るのは一部のマニアや作り手ばかりで、基本的には合う合わないという視点で語られる。

今回は泣けるという点を評価する声が圧倒的だったが、お涙ちょうだいの展開をあざといと評する声も見られた。ファンタジー要素や不思議な雰囲気を魅力的だと感じた意見の一方で、全体的に話がわかりにくい、暗くてうんざりしたという感想もあった。

文化祭から程なくして、出品していたＦＦＦの結果が発表された。

残念なことに前回より評価が低く、入選は果たせなかった。その結果に映画部の面々はあからさまに落胆していた。

ただ、今回も審査員に名を連ねていた伊藤監督が、落選した『永遠に君を想う』について言及していた。前回、ハルの作品に低評価をつけていた人物だ。

全体の論調は前回よりも完成度が低く、シナリオも中途半端だと批判的だった。しかし作品の持つ歪みが魅力的で、強く訴えかける情熱が感じられるとも言及している。この監督の次回作を心待ちにしていると締めくくり、入賞をしていない『永遠に君を想う』について最も多くの紙幅を費やしていた。

この評価にハルはどんな感想を抱くだろう。多分、入選できなかったことを本気で悔しがっていると思う。目の前で反応を見たかったけれど、ハルとは全く連絡が取れないままだった。そして時間だけが過ぎた。


ハルがいないまま高校生活は過ぎ、ぼくは三年に進級した。それなりに充実はしていたけれど、どこか退屈な気持ちを抱えていた。映画部にたまに顔を出し、部員から脚本の相談などを受けるようになった。同時に新作のマンガを描いていた。受験勉強を本格的に開始する夏までに、一作品投稿するつもりでいる。

新入部員の勧誘も落ち着いた頃、昼休みに映画部の部室を訪れた。ネームの参考のために脚本に関する本を借りたかったのだ。なりゆきで映画部に籍だけ置くことになったので、職員室で鍵を借りることができた。

室内は相変わらず湿っぽくて、ぼくは窓を全開にした。窓から桜の木が見える。今年は開花が遅く、四月半ばでも萼《がく》に数枚の花びらを残していた。

机の上に新入生歓迎のために作ったビラの余りが置いてあった。イラストはぼくが手がけた。部員たちの努力とハルの名声によって、例年以上の一年生が加入する見通しだ。

ふいに部室内を風が通り抜けた。カーテンがなびき、ビラが一枚吹き飛ばされる。拾いに行くと、入口に乙羽さんが立っていた。

「ここにいたんですね。捜しましたよ」

ドアが開いたことで空気の通り道ができ、窓から一枚の桜の花びらが入りこんだ。

乙羽さんは無表情だった。去年までのあどけなさが消え、すっかり雰囲気が大人びている。長身で姿勢もいいため乙羽さんを主役にして撮影したいと望む部員も多いが、音響スタッフをやりたいと頑《かたく》なに出演を拒否している。現在では二年生の中心人物として活躍し、次期部長と目されていた。

「どうしたんだ」

「ハルちゃんはご両親に、『みんなには言うな』って口止めしていたそうです。でも私には親経由で伝わってきました」

乙羽さんが唇を噛む。風が強くなりカーテンが揺れる。薄手の白い生地を透過した光が、ゆらゆらと水中みたいに部屋を照らした。

「昨日、ハルちゃんの告別式に出てきました」

飛んできた桜の花びらが、ぼくの目の前を通り過ぎた。

病気は心配ないと、元気になると言っていたはずなのに。どうしてハルは、嘘なんてついたのだろう。風が収まり、カーテンが動きを止める。花びらは机の上を滑り、ひらひらと床に落ちていった。

第五章　最後の人

1

　カフェにはコーヒーの香りが漂い、窓の外では色づいた銀杏《いちょう》の葉が風に揺れている。ぼくは観たばかりの映画を思い返し、ストーリーラインをノートに書き出す。まとめ終えたら分解して物語の構造を洗い出し、合間にブラックコーヒーに口をつけた。

　最近は映画を観るたびに分析ばかりしている。面白さを研究する上で映画は恰好の題材だ。純粋に楽しめないのは残念だが、マンガの質向上のためだと割り切っている。

「おっ、新作かな」

　杏奈がカップをテーブルに置き、対面の席に腰かけた。ひょろひょろした脚のテーブルが揺れる。生クリームがたっぷり載った豆乳ラテは杏奈のお気に入りだ。

「ただの勉強だよ。忙しいのに来てくれてありがとう」

　ノートを閉じる。空いた時間にアイデアをまとめられるようノートと筆記用具はいつでも持ち歩いていた。杏奈はグレーのパーカーにデニムのジャケット、花柄のフレアスカートという服装だ。革製のバッグはしっかりした作りで使い勝手がよさそうだ。

杏奈は目深にニットキャップを被っているが、サングラスなどはしていない。心配になって周囲を警戒する。

「その恰好でばれないのか？」

「平気だよ。それにまだ週刊誌に載るほど有名じゃないし」

高校を卒業して三年近く、杏奈は俳優として活躍している。契機はFFFの主催団体から映画部に届いた連絡だった。自主制作映画を撮っている監督が、杏奈に出演依頼をしたいから連絡先を教えてほしいとメールを送ってきたのだ。

自主制作映画界隈《かいわい》では、他作品を観た上で出演依頼を決めるケースは多いらしい。その監督は業界で有名らしく、興味を抱いた杏奈は監督と面談した。当初は脇役としてのオファーだったのに、いつの間にか主役を獲得していた。

その後は本人が本格的に役者を目指すことを決め、在学中からオーディションを受けるようになった。とんとん拍子に進んでいるように見えるが、本人としては苦労の連続だという。現在はアルバイトをしながら芸能事務所に所属し、全国公開作品出演のための稽古をしている真っ最中らしかった。

ぼくはコーヒーを飲み込む。昔は苦みを避けていたけど、最近は眠気覚ましのためカフェインをよく摂取するようになった。隣の席ではカップルが仲睦《むつ》まじく互いのドリンクを味見している。杏奈が思い出したように眉を上げた。

「そうだ。この前のマンガも面白かったよ」

「ありがとう」

大手出版社が運営するウェブサイトに先日アップロードされた短編のことだろう。自然と笑みがこぼれる。描いているときは全力を尽くしても、後になると必ず不満点に気づく。だけど作品を褒めてもらえるのはやはり嬉しかった。

「プロの水準はやっぱり厳しいよ。編集者からの修正は多いし、読者からの感想も厳しいものばかりだ。それに……」

「今でも『春に君を想う』が一番評判いいしね」

一瞬口籠もった理由を杏奈はすぐに察した。

現在は出版社のウェブサイトに短編を不定期掲載している。担当編集者がつき、原稿料ももらっている。報酬が発生している以上プロと言えなくもないが、個人的にはまだ見習い中だと思っている。

きっかけもまた『春に君を想う』だった。原稿を完成させた後、ぼくはなぜか出版社主催の漫画賞に投稿しなかった。どうせならより多くの人に読んでもらいたいと思い立ち、スキャンした原稿をイラストやマンガに特化したSNSにアップしたのだ。

特に宣伝をしていないせいもあり、最初の二ヶ月ほどは反応がなかった。しかし徐々に閲覧数が増え、ある日を境にアクセス数が急増した。影響力のあるらしい誰かが他のSNSで紹介し、爆発的に拡散したのが理由だった。

『春に君を想う』は評判を呼び、出版社から連絡が来た。これ幸いとばかりに新作原稿を渡したが、残念ながら反応は芳しくなかった。

連絡をくれた編集者は『春に君を想う』をコミックスに収録して世に出したいと考えていた。しかし一巻分には明らかに枚数が足りない。

そこで編集者と相談して、数編を書き足した上で一冊にすることになった。打ち合わせを繰り返し、散々没にされながらも数話分の短編を完成させた。あと一話で必要なページ数に到達するが、ネームが完成しないというのが現状だ。

ぼくはまだ『春に君を想う』を超えられていない。挫《くじ》けそうになるときもあるが、そのたびに「木崎ハルならどうする？」と自問している。

マンガ原稿執筆と併行し、ぼくは東京にある大学に進学した。母が望んだこともあるし、物語に関する専門的な知識を身につけたかったのだ。

高校時代と較べてマンガの描き方も変えた。当時はデジタル技術に苦手意識を持ち、手描きでの作業にこだわっていた。

だけど必要な機器やソフトも思ったより高くなかったし、しばらく練習すると手描きと変わりなく描くことができた。どうやらほんの数年で飛躍的に性能が進歩したらしい。

今では昔と違ってフルデジタルで執筆している。

「そうだ。この前のテレビドラマも観たぞ。主役の友達の取り巻きだけど、その子よりずっと存在感があったな」

「ありがとう。放送は夜中なのに結構みんな観てくれてるんだよね。そういえばひさしぶりに江木沢くんから連絡があったよ。今度舞台をやるんだって」

『永遠に君を想う』に参加したメンバーとは今でも連絡を取り合っている。大半は映画と関係ない道に進んだが、数名は映像や芸能関連の職に就くか、目指すための勉強に取り組んでいる。

「みんな、がんばってるよな」

「ハルちゃんと一緒に映画を作ったら、こっちの世界から抜け出せなくなるのも仕方ないよ。正直めちゃくちゃ辛かったけど、あの達成感には代えられない」

元々は演技経験さえなかったのだ。ハルと交流があった人の中で、最も人生を変えられたのは杏奈かもしれない。

「今まで何人ものプロと仕事をしてきた。すごい人もいたけど、ハルちゃんは並み居る有名監督にも引けを取らない」

「すごい評価だな」

「あの瞬間を超える演技は今もできていないからね。私自身の演技力の問題もあるけど、あれはハルちゃんの現場だから実現できたと思っているんだ」

杏奈が涙を流したシーンのことだろう。杏奈が懐かしそうに目を細め、豆乳ラテを飲んだ。

「それで今日はどんな用事なの？」

杏奈は椅子に座り直し、わずかに身体を前に乗り出した。ここ数年でますます綺麗になった杏奈はときおり別人みたいに見えてさすがにドキドキしてしまう。ぼくは咳払いをして気を取り直した。

「実は『春に君を想う』に映画化の話が来てるんだ」

杏奈が目を大きく見開く。SNSでの公開自体は現在も続けている。コミックスが発売されたら消すつもりだが、今でも順調にアクセスされていた。

「すごいじゃん。どこからオファーがあったの？」

オファーはSNS経由で届き、その後に来たメールには映画制作会社や監督の名前も記されていた。それを告げた途端、杏奈は口元に手を当てて言葉を失っていた。会社はメジャーではないが良質な作品を作り続け、監督も業界ではかなり名が通っている。

「監督直々《じきじき》の指名らしいんだ。映画会社も乗り気になっているそうだよ」

「でもナオトは迷っているんだ」

「よくわかったな」

「私に相談したからだよ。理由はハルちゃんだよね。『永遠に君を想う』がすでに存在するのに、映画化するのが申し訳ないんだ」

「ハルの映画は関係しているけど、理由は義理立てではないかな」

「どういうこと？」

「映画制作会社からのメッセージには、原作の雰囲気を守ったまま映画化したいと書いてあった。そのとき気持ちが揺れて、同時に疑問に思ったんだ。どうしてハルはあんなにも原作を改変したんだろうって」

「……そうだね」

杏奈がうなずく。『永遠に君を想う』の上映が終わった後、ぼくを含む観客たちは作品のクオリティに圧倒されていた。

しかし見終わってからしばらく経ち、冷静になると様々な疑問が湧いてきた。重要な場面がいくつも削除され、さらに編集によって意味合いを変えていたのだ。

映画は編集で様相がガラリと変わる。ある日本映画が海外向けに再編集された際には、端役の外国人が主人公に変えられた。他にも情緒的な物語が勧善懲悪のアクションに改変されたこともあるという。

ハルの編集方針は端的に言えば悲劇の強化だ。

希望を不安に、喜びを悲しみへと。お涙ちょうだいと批判されて当然といった内容に映画を作り替えていった。杏奈が涙を流す場面も、必要以上に悲しみが強調されていた。ハルが途中で提示した修正稿ではまだバランスが取れていたように思う。しかし映画を何度か観返すうちに、あることに気づいた。編集段階でさらに誇張したことで、全体に奇妙な歪みが生まれていたのだ。

テンポのいい編集で誤魔化されてはいた。だが、FFFの講評で伊藤監督はおそらくその箇所を見抜き、評価していたのだと思われた。

ハルは映画を作りながら何を考えていたのだろう。

そこでぼくはある言葉を思い出した。

「フローレンっていう映画スターに心当たりはないか？」

やりたいことが見つかったとハルが話していた際に、ヒントだと口にした言葉だ。聞き取りにくかったが、うっすらと覚えている。杏奈が首を傾げた。

「うーん、ちょっとわからないな」

「ハルのことだから監督だと思うんだ」

「でもスターといえば俳優でしょ？　あれ、でも何か聞き覚えがある気もする」

杏奈がスマホの時計を確認して、急いで豆乳ラテを飲み干した。これからレッスンがあるらしく、二人で店を出て駅まで向かう。雲一つない天気で、秋の空は夏よりずっと淡かった。杏奈の歩き姿は最近、以前より手足の振りが大きくなった気がした。

「ハルちゃんについて調べ直すんだよね」

「どうしてそう思うんだ」

「だってナオトは、うじうじしてるから」

付き合いが長いせいで大抵のことは見抜かれてしまうらしい。

駅前に到着し、地下鉄に乗るため階段を降りかけた。杏奈は一旦ぼくに背中を向けてから、足を止めて振り返る。そして世間話と変わらない調子で言った。

「どうしてわたしが撮影途中の大変な時期に告白したと思う？」

「えっ」

突然の質問に硬直してしまう。悪戯めいた杏奈の笑みが高校時代と重なる。階段の奥から強い風が吹き、杏奈の髪を揺らした。

「ナオトとハルちゃんが互いに惹かれ合っていたからだよ。だから焦って告白したの。好きな人が誰を好きなのかって、不思議とわかっちゃうよね」

杏奈は踵を返して、階段の先に消えた。杏奈の指摘は的確だ。自覚こそなかったけれど、告白を断った時点でぼくはハルに恋していた。そして未だに引きずっている。

でもハルがぼくを好きだったかなんてわからない。杏奈の言う通り、好きな人が誰に恋しているかはすぐにわかるのに、好きな人が自分を好きかは全然気づけない。

おそらく映画化の許可は出すことになるだろう。だけどその前に自分の心に区切りをつけたかった。

スマホを操作して乙羽さんにメッセージを送る。高校卒業後、音響について学ぶため都内の専門学校に入学していた。返信はすぐに来て、数日後に会うことになった。

2

乙羽さんは都心にある映画専門学校に通っていた。多忙らしく休日に校舎内で会うことになり、スマホ片手に捜しながら目的のビルに到着する。夏みたいに暑く、歩くだけで汗ばんだ。住宅街から外れた公園の横の建物は一棟丸ごとが専門学校らしく、乙羽さんは正面玄関で出迎えてくれた。

「ひさしぶり」

「元気そうですね」

ぼくの高校卒業以来の再会になる。ただ、SNSで近況はわかるので、ひさしぶりという気があまりしない。精悍《せいかん》な顔つきになり、立ち姿も以前より凜としていた。スタイルのおかげでシンプルな白シャツとスリムジーンズだけで様になっている。

「わざわざ来てもらってすみません。卒業生の作品を手伝うことになったら、睡眠時間を削らされるくらい働かされまして。課題もあるのに休日も通い詰めなんです」

卒業生が学内の機材を使うために来ることがあるらしい。プロと同じ機材で勉強できるのが売りの専門学校なのだと、高校時代以上に乙羽さんと親しくしている杏奈から聞いたことがある。

乙羽さんと一緒に校舎に入る。雰囲気は大学の施設とあまり違いはなかった。

「充実してそうだな」

「みんなに負けていられませんから」

乙羽さんが力こぶを作る仕草をした。みんなとは杏奈や亀山先輩、あとは多分ぼくも含まれるのだろう。そしてもちろん、ハルのことも。

「学校見学をやってるんだな」

制服姿の女の子が父親同伴で校内を歩いていた。女の子は希望に満ちた目を校舎に向け、父親は一緒に歩く職員に不安そうに質問をしていた。新作映画のポスターが飾られ、横に卒業生がスタッフとして参加していると説明書きが貼ってあった。

「せっかくなんで校内を案内しましょうか」

「そうだな。お願いするよ」

最初に案内されたのは普通の教室だった。生徒が座学の際に使うらしい。技術面も当然だが、映画の歴史など多彩なカリキュラムが用意されているそうだ。

「最初は興味なかったんですけど、映画の歴史も面白いですよ。特に黎明期《れいめい》は逸話ばかりで、最近は授業よりも詳しく調べてるんです」

現在の作品は過去と繋がっている。積み重なった時間を学ぶことは必ず糧になる。ぼくも父さんが古いマンガを残してくれたことに感謝していた。

「ハルもそういうのが好きだったな」

「今ならきっと話が盛り上がるんでしょうけどね」

乙羽さんが寂しそうにつぶやいた。高校時代、ハルから映画に関する蘊蓄《うんちく》をたくさん聞かされた。しかし詳しい説明を飛ばすので、個人名など固有名詞を出されても全く記憶に残らなかった。

「今日来た理由は『永遠に君を想う』についてですよね」

次の教室に向かう途中、エレベーター前で乙羽さんに質問された。

「あの映画はハルの他の作品と較べても、明らかに異質だと思うんだ」

「……わかります」

先日、過去のハルの映画を観返した。未熟さはあるがどれも素晴らしい出来だった。そしてぼくは再認識する。正体こそ摑《つか》めないけれど『永遠に君を想う』は明らかにおかしい。しかしハル亡き今、病気を押して生み出した作品への批判は憚《はばか》られた。

それでもぼくはハルを知りたかった。

乙羽さんはマイクのある収録室を案内してくれる。なぜか奥にシャワーがある。乙羽さん曰《いわ》く雨やシャワー中のシーンの撮影時に使用するらしい。

「『永遠に君を想う』に違和感はありました。でも自分の中で整理はついています」

「何だったんだ?」

「ハル監督はより大勢に届けるために映画を撮り続けました。だけど『永遠に君を想う』だけは違ったのでしょう。あの作品は遺《のこ》された人を励ますために作られたんです」

「どういうことだ」

次に到着したのはミキサー室だった。収録した音を加工し、映像と合わせるための部屋らしい。プロ仕様の機器を目にするとハルを連想する。

母校の映画部の機材は高校にしては充実していた。でもハルがプロ並みの設備で映画を作ったら一体どうなるのだろう。今でもそんなことを考えるぼくは、杏奈の言う通りうじうじした性格なのだと思う。

「あの映画を観れば、誰かを失う悲しさを事前に体験できる。ハル監督は新しい脚本を提示した時点で余命が判明していたのでしょう。だから遺される人たちのために内容を変更したんです」

ハルの言葉を思い出す。「悲しい物語が語られる意味はあるよ。どんなに大切なものでも、いつかは必ず失うことになる。だからこそ乗り越える準備をするために、悲しい結末は存在するんだ」という発言は乙羽さんの推測と合致する。ハルは自分の死を悟り、辛さを受け入れる心の準備をみんなにさせるために映画を作ったと乙羽さんは考えているようだ。

最後はスタジオを案内してくれた。重そうな鉄製のドアが開かれる。倉庫みたいな場所にある機器や設備、照明器具やセットなどは高校時代と較べて巨大だった。

一角では撮影の最中だった。本格的な収録ではなく見学者向けの体験授業のようだ。喫茶店を模したセットに強烈な照明が当てられている。高校生らしき男子が緊張の面持ちでカメラを動かしていた。乙羽さんはその様子に微笑ましい視線を向けていた。入学した頃の自分を思い出しているのだろう。

「そうだ。フローレンって知ってるかな。あの頃のハルが目指していた存在らしいんだ。手がかりになるかと思って調べてるんだけど、正体がわからなくてさ」

「フローレンですか。……すみません、ちょっとわかりません」

乙羽さんが首を傾げる。撮影を指導していた講師らしき人がOKを出すと、男子生徒はカメラから顔を離した。何かを達成したみたいな満足げな表情をしている。

スタジオを出ると、乙羽さんが玄関まで見送ってくれた。歩道に出たところで立ち止まると、乙羽さんはぼくを真っ直ぐ見つめた。

「もう調べないほうがいいと思うんです。引きずるのはわかりますが、胸にしまって前を向いたほうが佐藤さんのためになります。きっと、ハルちゃんもそう望んでいます」

反論しようと口を開きかけ、乙羽さんの表情に言葉を失う。目の端に涙を浮かべていたのだ。乙羽さんはお辞儀をしてから背中を向け、校舎に走っていった。

ぼくは駅まで歩きながら、涙の意味を考える。乙羽さんもハルのことで複雑な気持ちを抱えているのだろうか。改札を通り抜け、ホームで電車を待つ。正面にある看板広告が駅近くにある内科医院の宣伝をしていた。

明日は亀山先輩と会う約束をしている。駅舎内の放送が電車の到着を告げた。見慣れない色の電車がホームに滑り込み、全身に風圧を感じた。

3

亀山先輩は都内にある有名私立大学に進学していた。

実は成績優秀で、ぼくでは到底合格できない難易度だった。時刻は午後六時、仕事帰りの会社員が行き交う駅前で待っていると亀山先輩が姿を現した。

「よお」

手も上げずに声をかけ、ぼくの前を通過する。乱雑な態度は変わりない。背中を追いかけると、亀山先輩は駅近くの飲み屋に入っていった。

店内は大学生らしき客でごった返していた。学生御用達《ごようたし》の店らしく、狭いテーブル席につく。メニューを見ると、酒も料理もとんでもなく安かった。二人でビールという名の発泡酒を頼み、ろくに乾杯もせずにはじめる。

「ひさしぶりです」

腹に力を入れて声を出さないと、相手に届かないくらい騒がしかった。煙草の臭いが店に充満している。亀山先輩は慣れた様子で大声で返した。

「ちんたら短編を発表してないで、早く単行本を出せよ」

「すみません」

ぼくが発表した作品を、亀山先輩は全てチェックしてくれている。注文したもつ煮が運ばれてきた。値段は経営が成り立つのか心配になるくらいなのに、量は充分すぎるほどでしっかり煮込まれている味がした。

「約束の品だ。今日の飲み代はおごれよ」

「ありがとうございます」

亀山先輩がDVDを大量に渡してくれた。『永遠に君を想う』の全映像データをお願いしていたのだ。亀山先輩がまずそうにジョッキをあおった。

「何に使うんだ？」

「自分なりのけじめです」

ハルの映画について調べていることを説明する。すると亀山先輩はジョッキを飲み干して店員に酒と料理の追加を注文した。

「没映像を含めれば何時間あるかわからない。それを全部チェックする気か」

「時間だけは取れますから」

店員がジョッキと枝豆を運んでくる。受け取る亀山先輩は、頬が赤くて目がとろんとしている。酒はそれほど強くないのかもしれない。亀山先輩はビールを飲んだ後、上唇に泡をつけたまま乱暴にジョッキをテーブルに置いた。

「木﨑は可能な限り、大勢に映画を届けたいと話していた」

「ハルらしいですね」

「あいつの理想は世界中を席巻《せっけん》するハリウッドの大作で、より多くの人間に受け入れられる方法を模索していた。だがあの映画の撮影中に突然、信じてきた道以外にも方法はあるかもしれないと言い出したんだ」

「それは何ですか？」

「狭い範囲に向けた作品が、大勢の心を貫く場合もある。木﨑はそう言っていた」

それから亀山先輩なりの解釈を口にする。

障害やマイノリティなど、少数派を描く映画は少なくない。そういった作品が問題の核心を見極め、社会の欺瞞《ぎまん》を暴くための批評性を研ぎ澄ました結果、物事の本質に至ることがある。結果として人間誰しもが抱く感情や問題意識を捉え、多くの人の心に届くことが起こりうる。亀山先輩はそう熱弁した。

「ハルが亀山先輩にその話題を口にしたのはいつですか？」

「ヒロインだった堀井杏奈が台詞を言えず、撮影が中断したことがあったよな。あの場面を撮り直す直前くらいだ」

父さんについて知るため、久瀬の祖父母の家に行った頃だ。帰りに杏奈から父さんの会社で起きたことを知らされた。その結果として杏奈は言えなかった台詞を口にすることができた。

夜の公園でハルはぼくに寄り添ってくれた。その際に「多くの人に向けて作られた作品が、狙い通りに何千万人を巻き込むことはある。だけど逆に特定の個人や集団みたいな、狭い範囲をターゲットにした作品が、研ぎ澄まされた結果としてたくさんの人の心を貫くこともある」と話していた。

ハルは『春に君を想う』が父さんのために作られたことを知った。その事実を、映画作りに取り入れようとしたのだろうか。

「乙羽さんが似たようなことを言っていました」

「懐かしい名前だな。詳しく聞かせろよ」

ぼくは乙羽さんの「自分の死に対する心の準備のために映画を作った説」を披露した。亀山先輩は途中まで耳を傾けていたが、途中から不機嫌を露わにした。最終的には叩きつけるようにジョッキを置き、中身が揺れて泡がこぼれた。

「みんなのためだなんて冗談じゃない。木﨑が狭いターゲットに突き刺さる映画を目指すなら、限界まで徹底するはずだ。知り合いなんて漠然とした範囲じゃなく、もっと少人数、場合によってはたった一人のために映画を作ることもありえるな」

亀山先輩はジョッキを握りしめたまま黙り込んだ。耳まで真っ赤になっている。やはり酒に弱いらしい。心配していると、亀山先輩はうつむいたまま喋りはじめた。

「本当に木﨑はむかつくよ。うちの大学の映研はゴミだった。でも俺は本物の映画を作れる人間を知ってしまった。あいつに出会わなければ、俺は映画なんて続けなかった」

亀山先輩は大学入学後に映画研究会に入ったが、すぐに辞めたと聞いている。現在は映研で得た伝手を頼って、セミプロとして活動する映画監督の手伝いをしているらしい。

ぼくも亀山先輩と同じだ。ハルに会わなければ、きっとマンガの道をあきらめていた。杏奈や乙羽さんもハルの存在があったから今の人生を選んだ。

亀山先輩にフローレンについて訊ねると「聞いたことがあるかも」と返事をしてから黙り込み、起きたかと思うと店員に焼酎を注文していた。亀山先輩は酒に強くないが潰れることはなく、結局店を変えて終電まで付き合った。

帰宅したときには日付が変わっていた。アパートはおんぼろだが造りは頑丈で、多少の物音を立てても苦情が来ないのは快適だった。お湯を沸かしてインスタントコーヒーを淹れ、パソコンで映像データを見ることにした。

祖父母からの進学祝いを一気につぎこんだデスクトップパソコンはハイスペックで、イラスト作成ソフトで大量のレイヤーを重ねても問題なく作動してくれる。

動画ファイルのサムネイルだけで胸が苦しくなる。映像にはあの頃の気持ちが全て収められている。コーヒーの苦さが酔いと眠気を吹き飛ばす。ぼくは深呼吸をして、最も古い動画から順に再生していった。

数日間、授業に出席せず映像を見続けた。後ろめたさはあったけれど、編集者にはネームの提出日を延期してもらう。

素材と完成品を見較べてみると、やはりハルは意図的に死を想起させる編集をしているように思えた。

原作では前半に、幸せなラストに向けた伏線を用意していた。それらを軒並み排したせいで、物語の流れに齟齬《そご》が生じていたのだ。物語の筋は成立している。しかし注意深く観ると、強引な改変が作品にちぐはぐな印象を与えてしまっている。

なぜハルは執拗《しつよう》なまでに悲劇を貫こうとしたのだろう。意志は理解できたが、意味を汲み取ることができない。作品の完成度を捨ててまで、何を伝えようとしたのだろう。

そこでスマホに亀山先輩からメッセージが届いた。

『フローレンは多分これじゃないか？』

貼ってあったリンク先に飛ぶと、ある人物について紹介したホームページが表示された。その人物の素性に眩暈《めまい》がした。病室でハルが二度同じ単語を繰り返したように聞こえたのは勘違いではなかったらしい。

そしてぼくは、以前にハルがその女性の名を口にしていたことを思い出す。一度言われただけの外国人の名前だからすっかり忘れていたのだ。杏奈も同席していたが、四年近く前のことなので覚えていなくても不思議ではない。

ハルはなぜこの人物になりたいと言ったのだろう。その意味を考えて、ぼくはとんでもないことを思いつく。単なる願望に過ぎない。でも一度思いつくとその考えに囚《とら》われてしまう。それくらい都合のいいことだったのだ。

誰かに相談したかった。自分の考えがひどい妄想であると断言してほしかった。だけどハルをよく知る杏奈や乙羽さん、亀山先輩に話すのは抵抗があった。

スマホの連絡先を表示して、小中高の旧友や大学の友人の名前を眺めていく。画面をスクロールしていくが、どの相手も違う気がした。

途中でぼくは、ある名前で指を止める。その人物に相談することに抵抗があった。だけど何度考えても、最後は相談相手がその人以外にいないように思えて、スマホを操作して電話をかけた。

4

待ち合わせ場所は、高校時代に再会した喫茶店を指定した。都心からだと三十分強で到着し、店に入ると煙草の臭いがした。壁の西洋絵画は以前と全く同じだった。あのときと同じ席で待っていると、父さんは五分遅れてやってきた。遅刻を謝罪しながらぼくの正面の席に座る。

「わざわざ時間を取ってくれてありがとう」

「ナオトからの誘いなら、いつだって構わないさ」

父さんが嬉しそうに笑う。ぼくは店員にブレンドコーヒーを注文し、窓の外を見た。あの女性はいないようだ。

「しばらく会わないうちに、随分と大人っぽくなったな」

父さんとは、大学進学で上京した際に一度会って以来になる。顔立ちはそれほど老けていないが、前より少しだけ下腹が出たような気がした。

「そうかな。自分ではよくわからないよ」

父さんもコーヒーを頼み、店員はすぐに二人分を運んでくる。口をつけると苦みと酸味が舌に広がるけれど、コーヒーの味の良《よ》し悪《あ》しは未だによくわからない。

「大学は順調か？」

「忙しいけど何とかやってるよ。そっちは変わりない？」

「問題なく暮らしているよ」

高橋さんとはうまくやっているのだろうか。恋人なのか入籍したのかも知らない。興味がなくはないが、聞けないでいる。ぼくたちの間に話題はなく、沈黙が通り過ぎる。父さんがコーヒーに口をつけた。

「前にここで会ったあの子とは続いているのか？」

父さんはハルを恋人と誤解していたらしい。父親との再会に同席したのだから勘違いするのも当然だ。ハルのその後について、父さんにも久瀬の祖父母にも伝えていない。

「あいつの嘘に、気づいたかもしれないんだ」

ＢＧＭとしてクラシックの曲が流れている。第二次世界大戦を生き抜いたピアニストを主人公にした洋画で使用された曲だ。ハルの影響で昔より映画に詳しくなった。今なら多分、映画を元にしたハルの発言にも少しは反応できるはずだ。

「確証はない。でも、もしかしたらって考えただけで心が破裂しそうになる。それに嘘を暴いていいのかも自信がないんだ」

具体的なことは何も説明していない。父さんは困っているに違いない。そう思って顔を上げると、父さんは真剣な眼差しでぼくを見つめていた。

「その嘘はナオトを傷つけるものなのか」

首を横に振ると、父さんは質問を続けた。

「ナオトはどうして嘘に気づけたんだ？」

「……あいつがヒントを残していたから」

きっかけは映画化のオファーだが、最大の要因はハルが病室で口にした言葉だ。ぼくの答えに父さんが表情を緩める。不思議とそれだけで気持ちが少し楽になった。

「それなら指摘していいと思う。きっと見抜いてほしい気持ちがあるんだ。心の大部分は嘘を貫くつもりだろうけれど、人の心は多面的で複雑だ。迷いが生じたからこそ、ヒントを残してしまったんじゃないかな」

父さんはそう言ってから、困ったような含み笑いをした。

「ただ俺は一度結婚に失敗している。女性に関する発言は信用しないほうがいいかもしれないな」

茶化すような言い草は、一緒に暮らしていたときには見られなかった。当時の父さんはいつも疲れていて、安らいだ表情をするのはマンガの話をするときだけだった。父さんが今は自分の人生を歩んでいることを実感する。

ふいに父さんが店員を呼び止め、メニューを見ずにオレンジジュースを注文する。父さんのコーヒーカップは空になっていた。

その様子をながめていると、父さんがはにかんだ。

「実はコーヒーがそんなに得意じゃないんだ。人前だと見栄《みえ》を張って頼んでしまうが、一番好きなのはオレンジジュースなんだ」

店員がすぐに運んでくる。透明のグラスに氷がたくさん入っていて、ジュースがなみなみと注がれている。

ふいに父さんと出かけたときの思い出が蘇る。

喫茶店で二人ともオレンジジュースを頼み、父さんは美味《おい》しそうにストローで吸っていた。そのときの父さんの幸せそうな表情がとても好きだったのだ。

コーヒーカップを傾ける。底に溜まった濃い苦みが、自然と口に馴染むようになっていた。特別に美味しいとは感じないが、苦手だとも思わない。気づかないうちにジュースも頼まなくなった。

父さんが会計を済ませ、ぼくたちは店を出た。以前は父さんの暮らす街を、地元と較べてにぎやかだと驚いた。でも上京した後は規模の大きい地方都市くらいに感じる。駅までの道のりの最中、人混みの喧噪《けんそう》に紛れて言った。

「出版社からマンガの単行本を出す予定なんだ」

「本当か」

「まだ正式に決定したわけじゃないけどね」

父さんが感慨深そうに目を閉じる。

「ナオトがプロの漫画家か。そんな才能があったなんてなあ」

沁《し》み入るような口振りに、ぼくは照れくさくなってくる。

「売れるかもわからないんだから大げさだよ」

「そんなことない。すごいじゃないか」

駅に到着するまで、父さんは何度も喜びを口にした。息子がマンガを出すことが本気で嬉しいらしい。駅のエレベーターに乗りながら父さんに訊ねた。

「父さんはどうしてマンガが好きなの？」

マンガはぼくの人生を変えた。父さんがいなければ描くこともなかったし、ハルと関わることもなかった。父さんは思案顔を浮かべて言った。

「語弊はあるけど、甘いところかな」

意味がわからないが、父さんが補足説明をしてくれる。

「作品にもよるが、小説や映画はどこか大人ぶっている気がするんだ。俺は少年マンガが特に好きだが、結末でしっかりハッピーエンドにしてくれることが多いだろう。ご都合主義でも構わないから、最後には登場人物がなるべく全員幸せになってほしいんだ」

ハッピーエンド好きは父さん譲りだったらしい。

改札の前に到着する。立ち止まったぼくたちを、通行人が迷惑そうに避けていく。

「コミックスが完成したら送るよ」

「絶対に書店で買うよ。楽しみにしているからな」

父さんに見送られ、改札を通過した。ホームに降りると、電車のドアが閉まる直前だった。慌てて飛び乗ってひと息つく。

座席は全て埋まっていて、ぼくは吊革につかまった。ハルが嘘をついていたと仮定した場合、確かめる相手は決まっていた。ただし証拠はないから白を切り通すことは簡単だろう。動き出した電車の中でメッセージを送信する。ホームは地下にあって、進むと窓の外が真っ暗になった。

ぼくが勝手に想像しただけの、単なる夢物語で終わる可能性が最も高い。現実を見ましょうと同情されるか、もしくは激昂されるかもしれない。誰に話してもきっと、馬鹿馬鹿しいと笑われるだろう。だけど、それでも構わない。

数パーセントの可能性でも、ハルが嘘をついたことに賭けたかった。

エピローグ

遠くから潮騒《しおさい》が聞こえる。看護師から渡された地図を頼りに、ぼくは景色を眺めながら歩いた。冷たい風は海の匂いを含んでいる。

海岸手前にすすきが生い茂っていた。遊泳禁止の看板の脇に小道があり、かきわけるように歩みを進める。気持ちを落ち着けるよう深呼吸をしても、自然と気が急《せ》いてくる。

視界が開け、目の前に海辺の景色が広がった。

曇り空は灰色で、浜には規則的に波が打ち寄せていた。砂浜の手前に防波堤があって、一人の女性が腰かけている。近づくと足音に気づき、女性が振り向く。泣きたくなるのを堪えながら、ぼくはその人の名前を呼んだ。

「晴」

「ひさしぶりだね、直人」

目の前で喋っているのは、紛れもなく木﨑晴本人だった。

ブラウンのパーカーにジーンズというラフな恰好で、髪型は四年前より少し短くなっていた。傍らには歩行を補助する杖《つえ》のような道具が置いてある。昔と雰囲気は変わっていない。力強い視線も以前と同じだが、やはりかなり痩せたみたいだ。

砂浜には流木や空き缶などが落ちていた。水平線に漁船が浮かんでいる。隣に座ると、晴は遠くに視線を向けながら口を開いた。

「よく見破ったね」

「一番は晴のヒントのおかげだよ」

ぼくの返答に晴が目を細める。昔より肌が白くて、顔色のわるさを強調していた。

「失敗だったたな。どうしてわたしは、あんなに露骨なヒントを残しちゃったんだろ」

病室で残したつぶやきは小さくて、フローレンという単語を二度繰り返したと勘違いしていた。だが実際はフローレンス・ローレンスという人名だった。その名前を晴はそれ以前に口に出していた。あれはたしか、晴と杏奈の三人でドーナツショップでお喋りしたときのことだ。

フローレンス・ローレンスは、最初の映画スターとして映画史にその名を刻んでいる。アメリカにおける映画黎明期の人気女優だったが、当時は出演者の地位が低かったため名前がクレジットされることはなかった。

そんな中、ローレンスが映画会社を移籍する。その際に移籍先の策略によってある宣言がなされる。映画会社は意図的にローレンスが事故死したという噂を流したのだ。

当時の人たちは映画に登場する美しい女性の死を悼んだ。もう二度と観られないスターへの渇望が浸透したのを見計らい、映画会社は新聞の紙面を買い取った。そしてローレンスの生存と、新作の主演映画の情報を大々的に宣言したのだ。

死んだと思われていた有名女優が生きていた。そのショッキングなニュースは瞬く間に広がり、映画館には観客が殺到した。映画の歴史においてフローレンス・ローレンスは、その存在によって観客を呼び寄せた最初のスターとされている。

そしてフローレンス・ローレンスにまつわる企みと、晴が映画に込めた目的は同じだった。ぼくは晴の横顔に問いかける。

「死んだと思わせること。それが晴のやりたかったことだよな」

「種明かしまでする気はなかったんだけどな。フローレンス・ローレンスなんてどこで知ったの？」

「亀山先輩に教えてもらった」

晴が大きく伸びをして、懐かしそうに口元を綻ばせた。

「あの人、妙に知識があるんだよなあ」

「それとぼくが無理やり聞き出しただけだから、乙羽さんを責めないでほしいんだ」

「わかってる。あの子が辛い役回りを引き受けてくれて、本当に感謝しているから」

亀山先輩からフローレンス・ローレンスについて教わり、晴の生存に思い至った。すると今度は乙羽さんに対して疑問を抱くようになった。

映画史を黎明期から学んでいるなら、フローレンス・ローレンスについて知っている可能性が高い。しかし乙羽さんはわからないと答えた。加えてぼくが晴について調べていたとき、乙羽さんだけが中断するよう助言していた。

晴が生きていた場合、告別式に出席したという乙羽さんの言葉は嘘になる。乙羽さんと連絡を取り、顔を合わせて疑問を伝えた。証拠は何もなく、一笑に付されることも覚悟していた。しかし反応は意外なものだった。乙羽さんは急に涙を流し、あっさりと真実を打ち明けてくれたのだ。

「晴ちゃんが一人でいることに、私はもう耐えられません」

高校時代、乙羽さんはクランクアップ後に協力を求められたという。晴からの懇願なんて断れるはずがない。そして引っ越し先の情報を秘密にした上で、告別式に出たという嘘を流す役目を引き受けた。

嘘をつき続けるのは辛かっただろう。かつて乙羽さんはぼくに、晴の嘘に騙されないようにと警告を出した。ぼくはその嘘のことを、晴の口にした「元気になる」という言葉を指すのだと思っていた。だけど実際は全く異なる嘘を意味していたのだ。

乙羽さんは編集作業の時点で、晴の計画を知っていた。だけど迷っていたのだろう。打ち明けるべきか悩んだ末の葛藤が、「騙されないであげてください」という曖昧な言葉として表れたのだ。

乙羽さんはぼくに謝罪し、病院の住所を教えてくれた。その後、乙羽さんは全て打ち明けたことを晴に知らせたのだ。

晴は海から近い病院に入院していた。東京から片道二時間もかからない。母親の実家が同じ市内にあり、両親は近くのアパートで暮らしているそうだ。

激しい波が打ち上がり、ざざんと大きな音がした。海藻や流木を砂浜に運び、引く波が再び海に戻す。水に濡れた砂浜の色がすぐに変わっていく。

「『永遠に君を想う』という作品も、晴の計画の一環だったんだよな」

「そうだね。わたしは映画を使って嘘をついた。そもそも映画自体が全部嘘だから。余計なものを画面外に排除して、不要な情報は編集で削除する。制作者が取捨選択した結果として映画が生まれるんだ」

晴は『永遠に君を想う』で死を殊更に強調した。映画の観客、特に晴に身近な人々が死という未来を想像するよう誘導したのだ。そのために脚本を変更し、目的に沿うように編集を施した。

あの時期、晴は病気が進行していた。映画に関わる人たちは自然と、死へと近づく桜の姿を晴に重ね合わせることになる。

その上で晴は映画の中で、桜の死を感動的に描いた。そうすることで、映画に触れた人たちに、晴も同じように死ぬという予感を抱かせた。

晴は映画を使って、ぼくたちに自分の死を信じさせたのだ。

水平線の上に巨大な貨物船がゆっくりと姿を現した。蜃《しん》気《き》楼《ろう》みたいに揺れている。晴がぼくを見つめてくる。真っ直ぐすぎて昔はよく目を逸らしていたけど、今は真正面から受け止めると決めていた。

「それだけじゃないよな。晴はその計画と併せて、自分の殻を打ち破ろうと試みた。より狭い範囲に突き刺さるように作ることで、今までにない作品を生み出そうとした」

「その通り。ＦＦＦでの評価も前回より低かったから、成功かどうか怪しいけどね」

ぼくはかつて父さんのためだけにマンガを描き、『春に君を想う』を生み出した。晴も同じことに挑戦したのだ。晴は自分の目的のためだけに、大勢が参加する映画撮影を利用したことになる。

「『永遠に君を想う』の撮影後半、本気で体調が崩れてきたからね。それも利用させてもらった。実を言うと、たまに撮影シーンに合わせてそれっぽい演技をしたこともあったけど」

「全然気づかなかった。いつのことだよ」

「それは内緒。役者としてのわたしも、なかなかでしょう？」

晴が小さく舌を出す。目の前の浜を子供たちが走り抜ける。釣り具を手にして、無邪気に笑い合っていた。晴が正面を向いて目を閉じる。

「五年生存率ってわかる？」

海鳥が波打ち際に二羽降り立った。つがいが仲良く砂浜をくちばしでつつく。海鳥はしばらく散歩をした後、また一緒に羽ばたいて去っていった。

「わたしの病気は決定的な治療法がなくて、薬で抑えるしかない。将来的にいつ悪化するかもわからない。発症から五年後の生存率は五〇パーセントで、十年後だとせいぜい二〇パーセント程度なんだ」

病気の話を聞く覚悟はしてきたつもりでいた。しかし実際に本人から耳にすると、悲しみや怒りなど様々な感情が一気に吹き上がった。

「どうしてこんな計画を実行したんだ」

一番の謎がわからないままだった。なぜ晴はこんな大がかりな真似をして、ぼくやみんなを騙したのだろう。晴が首を縮ませる仕草をして、意地悪そうな笑みを浮かべた。

「直人があのとき、わたしを好きだったたからだよ」

満潮に向かっているのか、波打ち際が徐々に近づいている気がした。ぼくは何も言えなくなる。晴がからかうような口調で続けた。

「好きな相手が辛い思いをしていたら、直人はきっと見捨てない。治らない病気だなんて知ったら最悪だろうね。自分の将来をなげうってでも相手に寄り添おうとする。何しろ直人は『春に君を想う』の作者なんだから」

好きな人が苦しんでいるなら、できる限りそばにいたい。相手の悲しみが和らぐまで手を握り続けたいと思う。

でも好きな相手に人生丸ごと捧《ささ》げる人間かなんて、自分ではわからなかった。どうしてか晴は、ぼくをそんな人間だと評価してくれたらしい。

「わたしは映画が撮れて満足する。直人は一瞬好きになった相手の死を悲しむだろうけど、あの映画を糧にすぐに乗り越えて幸せな人生を歩む。一石二鳥だよね。わたしは『永遠に君を想う』を、直人のためだけに作ったんだよ」

晴が突然姿を消したとき、無意識に死を覚悟した。それは死の報《しら》せが訪れるはずだと、映画を通じて思い込まされていたのだ。

強い風が吹き、背後のすすきがざわめいた。体力が落ちているのか、晴が深く息を吐く。手を握ろうとして腕を伸ばす。すると指先が触れた瞬間、晴に激しく弾かれた。

「やめて！」

晴が叫ぶ。手は骨張っていて、小刻みに震えている。

「生活のためには介助が必要だし、ストレスで当たり散らすときだってある。病気と闘う日々に美しさなんてない。ただただ苦しいだけなんだ」

晴は息を荒らげながら、鋭い視線でぼくをにらみつけた。

「おじいちゃんが死んだとき、ようやく解放されるって安堵したんだ。おじいちゃんのこと、あんなに大好きだったのに。きっと直人も同じになるよ。一緒にいたら、どうしようもなく苦しませせちゃう。疲れ切った末にいつかきっと、わたしのことを嫌いになるに決まってる」

「そんなことない」

隣に座る晴に身体を近づける。両腕を伸ばすと、今度は抵抗しなかった。

「駄目だよ。直人の人生を台無しにしたくない」

真横から抱きしめると、晴は両腕で突き放すように押してきた。だけど力は弱々しくて、徐々に晴はぼくに身を預けてくる。晴の耳元に口を近づける。

「ずっと、晴のそばにいるよ」

「どうして言っちゃうの」

回した腕に力を込める。晴はぼくの肩口に顔を押しつけ、絞り出すように言った。

「その言葉を避けるために、わたしはあの映画を撮ったんだよ。……直人にそう言われたら、絶対に断れないから」

遠くで海鳥が鳴き、風がふいに止んだ。晴が腕の中で嗚咽《おえつ》を漏らし、服に涙が染みこむ。波が穏やかになり、周囲に静寂が訪れた。

次の瞬間、物語が降ってきた。

ぼくは晴から身体を離した。突然のことに晴は目を瞠っている。

「どうしたの？」

バッグからノートとシャープペンシルを取り出す。慌ててノートを開いて、冒頭からの物語を描き留めていく。晴は行動の意味をすぐに理解したらしい。筆を進めるぼくを真剣な表情で見守りはじめた。

物語が次から次へと湧き上がる。あまりの速度に手が追いつかない。こんな経験は小学六年のときに『春に君を想う』を思いついて以来だった。

ただあの瞬間と決定的に異なる点があった。

かつてはコマ割りや台詞など完成したマンガが頭に浮かんだ。しかし今、脳内を駆け巡っているのは映像だった。一本の映画が冒頭から上映されるように流れているのだ。

物語の面白さに心が躍る。しかも脚本や構図、カットの癖に覚えがあった。今体験しているのは晴の映画だ。初めて触れる物語なのに、間違いなく晴が監督したと思える内容なのだ。

頭の中の映像をネームとして再構成していく。

コマ割りや人物配置、台詞を書き殴る。四年ぶりの再会より優先すべきことではないのに、この奇跡を逃すわけにはいかなかった。

どれだけの時間が経過したのだろう。顔を上げると、辺りは暗くなりはじめていた。

波打ち際が防波堤のすぐ下まで迫り、風が冷たくなっている。海岸線沿いに日が傾きはじめ、あたりはマジックアワーの淡い光に包まれていた。

「終わったんだね。お疲れさま」

晴は隣で膝を抱え、寒そうにしている。海からの風が髪を揺らす。申し訳ない気持ちになり、ぼくは背中に上着をかけた。晴は遠慮せずに袖を通し、ぶかぶかのジャケットの前ボタンを留めた。

「読んでくれないか」

ノートを渡すと、期待に充《み》ちた表情で受け取ってくれた。

「すごいタイトルだね」

「インパクトがあるだろう」

晴がノートの表紙を指先で慈しむように撫でた。そこには新作の題名が書いてある。あまりにもキャッチーで挑戦的なタイトルだが、このマンガに最も相応しいという自信があった。晴はページを開いて、冒頭から読み進めていく。

「これって……」

数ページで気づいたようだ。物語は一人の少年の描いたマンガを、クラスの女子が偶然読むところからはじまる。その女子は男子に作品を映画化したいと言い出すのだ。

この新作は晴と一緒に過ごした日々を元にしていた。傍若無人だが誰よりも映画に対して真剣な少女と、うじうじした性格の漫画家志望の少年は、映画撮影を通じて衝突しつつも絆を強めていく。

「どうして季節が秋になっているの？」

読んでいる途中で、晴が首を傾けた。

頭の中に浮かんだ映像が秋だったからとしか言いようがないが、問われてから理由を考える。そしてすぐにそれらしい説明に思い当たった。

「ぼくたちが春の終わりから夏にかけてしか、一緒にいられなかったからかな」

高校時代の秋と冬、晴と同じ時間を過ごせなかった。だからこそせめて作品の中くらいは隣にいたかったのだ。ぼくの恥ずかしい答えに、晴はくすくすと笑った。

「話の途中でマンガがたくさん引用されているね。これって全部、実写映画化した作品で合ってるかな」

「よくわかったな」

「さすがに全部は観てないけどね」

昔から多くのマンガが実写映画化されている。そこで物語のテーマに合わせ、引用したマンガを映画化した作品で統一したのだ。マイナーなマンガもあるため、気づいた晴の知識にあらためて驚かされる。

「というかわたしって、こんなにマニック・ピクシー・ドリーム・ガールっぽかった？」

「そこはマンガという媒体に合わせて、多少は強調したよ」

晴がにんまりと笑顔を浮かべた。

「映画の専門用語も通じるようになったんだね」

「ぼくだって勉強したんだよ」

会話をしながら、晴はゆっくり読み進める。太陽が徐々に沈み、砂浜が夕焼けに染まる。そして日が沈む寸前の魔法の時間に優しくノートを閉じた。

「読ませてくれてありがとう」

冒頭から読み返すつもりなのか、晴が最初から素早くめくっていく。時おり指を止めて、愛《いと》おしむように途中のページに目を落とす。

晴が再び物語のクライマックスを読みはじめる。別離の末に劇的な再会を果たした二人が、海辺で語らい合うシーンだ。

最後のページを見つめながら、晴が口元を綻ばせる。

「死んだと思っていたヒロインが実は生きていたなんて、そんなご都合主義のハッピーエンドにしちゃうんだ。こんなラスト、読者はきっと求めていないよ」

「それでもぼくは生きているほうがいい」

言い切ると、晴が柔らかく微笑んだ。

「今でも直人は、悲しい結末が嫌いなんだなあ」

晴は目をつぶり、深呼吸をした。心臓が早鐘を打つ。新作の反応を待つときは、毎回不安でたまらなくなる。

「最高に面白かったよ。嫉妬しちゃうな。やっぱり直人は天才だ」

ぼくは安堵のため息をついた。

面白かったという一言で作り手の気持ちはいつだって救われる。

月は雲に隠れ、太陽が海の向こうに沈む。海辺は上映前のような静けさに包まれ、暗闇の奥から波音だけが響く。晴がノートを大切そうに抱きしめて微笑んだ。

「このマンガが世に出たら、すぐに映画化決定だね」

笑みを返すと、晴が肩に寄りかかってきた。雲が風で流れ、丸い月が姿を現す。心の中で数字をカウントダウンする。5、4、3、2、1。これから映画がはじまるみたいに、柔らかな光がぼくたちを照らした。

参考文献

『巨匠たちの映画術』西村雄一郎、キネマ旬報社、一九九九年
『窓の下に裕次郎がいた……映画のコツ　人生のコツ』井上梅次、文藝春秋、NESCO、一九八七年
『あどりぶシネ倶楽部』細野不二彦、小学館、一九八六年
『撮影監督ってなんだ？』高間賢治、晶文社、一九九二年
『Sound Design　映画を響かせる「音」のつくり方』デイヴィッド・ゾンネンシャイン著、シカ・マッケンジー訳、フィルムアート社、二〇一五年
『映画術　その演出はなぜ心をつかむのか』塩田明彦、イースト・プレス、二〇一四年
『ドキュメンタリーカメラマンが伝授する映像撮影ワークショップ』板谷秀彰、玄光社、二〇一四年
『映画制作ハンドブック　インディペンデント映画のつくりかた』林和哉著、ビデオSALON編集部編、玄光社、二〇一三年
『めざせ！　映像クリエイター　デジタルビデオカメラとパソコンで、キミもフィルムメーカーになれる』コマーシャル・フォト責任編集、玄光社、二〇〇五年
『撮影監督』小野民樹、キネマ旬報社、二〇〇五年
『一人でもできる映画の撮り方』西村雄一郎、洋泉社、二〇〇三年
『監督と俳優のコミュニケーション術　なぜあの俳優は言うことを聞いてくれないのか』ジョン・バダム&クレイグ・モデーノ著、シカ・マッケンジー訳、フィルムアート社、二〇一二年

解説

吉田大助

PIZZICATO FIVEが一九九四年にリリースしたラブソング『ハッピー・サッド』は、〈うれしいのに悲しくなるような　あなたはとても不思議な恋人〉で始まる。軽快なサウンドに乗って現れる、サビのフレーズが印象的だ。〈あなたとふたりならいつだってhappy sad　あなたを愛したらいつだってhappy sad〉。二〇一八年一月に単行本が刊行され、このほど文庫化された『映画化決定』を読み終えた時、この曲が頭の中に鳴り響いた。ハッピー（嬉《うれ》しい）とサッド（悲しい）は、水と油の感情に思えるが、ことと次第によっては共存することができる。本書は、そのことを教えてくれる。

物語の冒頭は、悲しみに満ちている。わずか二ページでデッサンされるのは、名前も素性も伏せられた「ぼく」が霊園を訪れハルのお墓参りに臨む姿だ。〈バッグから一冊の本を取り出して墓前に置く。新刊を出すと必ずここに来て、そのたび恥ずかしくなる。ぼくのマンガは今でもハルの映画のレベルに達していない。／そしてぼくは、ハルが原作を改変して映画化した理由に思いを馳《は》せる〉。ぼくとハルの間の、決定的な別離＝死別が提示されている。

　ところが、本編の「第一章　未知との遭遇」が始まるや否やムードはガラッと変わる。ファーストカットは、高校二年生のぼく――佐藤ナオトが教室に忘れてしまった秘密のノートを、クラスメイトの木﨑ハルに見られてしまう場面だ。そのノートに描かれていたのは、ネーム（下描き）状態のマンガだった。勝手に読まれてしまった……と血の気が引いたナオトに向かって、ハルは溌剌《はつらつ》と自分の意思を表明する。「きみのマンガ、映画化決定ね！」「このマンガを原作にして、わたしに映画を撮らせてほしいんだ」。はい喜んで、とは、事態は展開しない。ナオトは自分がマンガを描いていることを前から知っている唯一の人物、幼馴染《おさなじ》みの堀井杏奈にグチを漏らす。実は、ハルに読まれてしまったマンガは杏奈にも見せたことがなかった。タイトルは、『春に君を想う』。それは小学六年生の時、〈ある日突然、神様から授けられたみたいにアイデアが浮かんだ〉ものだった。〈ぼくは過去の自分に圧倒的に敗北していた〉。五年前の自信作は、今の自分の不甲斐《ふがい》なさを突きつける存在でもあったのだ。その存在には、ネームを完成させた日、マンガ好きだった父が突然家を出て、母子二人の生活が始まったという苦い思い出も染み込んでいる。『春に君を想う』は、ぼくの複雑な心情を掻《か》き立てる。

　しかし、どんなに断られてもハルはめげなかった。「わたしの映画、観たことないよね」。ハルは所属する映画部の部室へとナオトを連れて行き、私的上映会を開いた後で

——「わたしに映画を撮ってもらいたくなったでしょう?」」。かくして状況をグイグイ引っ張る破天荒なヒロインと巻き込まれ型主人公のタッグが確立し、『春に君を想う』の「映画化」に向けて物語が動き出していく。

これまで古今東西の物語作家たちが、ボーイ・ミーツ・ガールにおけるミーツをどう演出するかで試行錯誤してきたが、原作者と映画監督が「映画化」を介して出会う、という着想は発明的だ。原作者にとって自作を才能ある映画監督——ハルは自主映画の有名なコンテストで高校一年生にして入賞している——に映像で表現してもらうことは、自分の才能や作品を認められたという意味で嬉しいことである。だが、映像化にあたって原作を改変される、自分の作品が自分のものではなくなってしまうというプロセスは痛みが伴うものだ。「映画化」は原作者にとって両義的な、ハッピーかつサッドな体験なのだ。映画監督の側も、企画を白紙にする、という拒否権がある原作者の意向を無下にはできない。「映画化」によって出会い繋《つな》がる二人には、いつ決裂してもおかしくない不穏さが横たわっている。

そうした決裂を回避するために持ち込まれた、二人の「出会い直し」とも言える展開にこそ本作の最も大きな発明がある。ナオトはクリエイターとしての自分にないもの、足りないものを、ハルの創作から学ぼうと考えた。そして、「映画化」を許諾する条件として、「映画作りに参加させてほしい」とハルに申し出たのだ。原作者と映画監督という関係でありながら、撮影スタッフと映画監督という関係を新たに結ぶことで、両者の関係が複雑かつカラフルに変化していく。

マンガは一人で描けるが、映画作りはそうはいかない。異なる価値観を持った者同士が衝突しながらも、コミュニケーションを繰り広げる映画の製作現場には、一人では絶対に作れないものを作る、という共同製作の醍醐味《だいごみ》がみなぎっている。著者は映画好きでしょう、と確信せずにいられないディテール揃《ぞろ》いだが、個人的に最も印象深かった場面がある。ナオトはスクリプター（記録係）として現場に入ったものの、レフ板持ちも担当することになった。そこで——〈レフ板を担当して、初めて気づいたことがあった。細かな表情の変化や息遣い、手の演技など、俳優は画面におそらく入らない部分も含めて身体の全てを使って演技している。至近距離で演技を見ることは勉強にもなった〉。この経験が、ナオトがマンガを描くうえでのキャラクター表現に影響しなかったはずがない。『春に君を想う』の「映画化」のプロセスを追う物語である本作は、映画製作の現場の体験を通して、ナオトのクリエイターとしての成長を追う物語でもある。しかも、ナオトを創作の現場に迎え入れたことで発生したハルの成長も描かれているから、エンターテインメントとしての快感は倍増する。

さらに本作には、著者の面目躍如と言える、ミステリー要素も盛り込まれている。前半から中盤にかけて物語の吸引力をなす謎は、なぜナオトは小学六年生の時に『春に君を想う』を描くことができたのか、だ。病気を患っているハルがつぶやいた「イサク」という一語の意味するものは何なのかも、謎の一つだ。

ここで、著者の友井羊の経歴を記録しておきたい。デビュー作は二〇一二年、第一〇回『このミステリーがすごい！』大賞優秀賞を受賞した『僕はお父さんを訴えます』だ。実父が愛犬を殺害した……と民事裁判で訴える中学一年生を主人公にした同作に始まり、東日本大震災のボランティア活動に材を得た『ボランティアバスで行こう！』（二〇一三年）など、斬新な社会派ミステリーの書き手としてまずは頭角を現した。その後、二〇二三年春現在、シリーズ七作を数える『スープ屋しずくの謎解き朝ごはん』（二〇一四年〜）、『スイーツレシピで謎解きを　推理が言えない少女と保健室の眠り姫』（二〇一六年）、その姉妹編『放課後レシピで謎解きを　うつむきがちな探偵と駆け抜ける少女の秘密』（二〇二二年）と、料理を絡めた「日常の謎」系ミステリーに進出、読者の信頼を獲得してきた。

友井の小説は一作ごとに色合いは異なるものの、多くの著作に共通する特徴の一つとして、連作短編形式が挙げられる。実は、連作短編形式は、ハリウッドの脚本術として知られている「三幕構成」（『映画化決定』の中で参照されている用語では「序破急」）と相性がいい。

三幕構成は、第一幕の終わり（第二幕の始まり）、第二幕の真ん中、第二幕の終わり

（第三幕の始まり）という三つのプロット・ポイントで物語全体を構成していく脚本術だ。中でも最重視されるポイントは、第二幕の終わり（第三幕の始まり）に登場する通称「第二プロット・ポイント」である。そこで何が起こるのか？　主人公が解決すべき真のクエスト、真の謎が開示される。前段階における数々の展開は、そこへと至る準備運動に過ぎない。

この三幕構成を連作短編形式に採用すると、連作短編の最終話（最終話の一つ前の話のラスト）で、主人公が解くべき真の謎が提示される、という構成が現れる。友井羊はこの構成を利用して、最終話（の直前）でそれまで語られてきた物語の風景がガラッと変わる、という驚きを幾度となく出現させてきた。

本作にも、連作短編形式で培ってきたその構成が採用されている。最終章にあたる「第五章　最後の人」において、想像だにしない真の謎と真の解決――前章で仮の解決が提示されている――が現れるのだ。これ以上はネタバレに過ぎるのだが、一つだけ記しておきたい。

現代の物語作家に求められている想像力は、希望の表現だ。「テロの世紀」として始まった今世紀、コロナ禍やウクライナ戦争を世界中の人々が我がことととして体験し、現実世界は絶望に染まっていると強く感じられるようになっていった。だからこそ現在、フィクションでは明るい希望が求められる傾向があるように思われる。しかし、現実の空気から完全に離れた無批判で楽観的な希望は、読者の心に留まることはない。生きていること、これから生きていくことのしんどさを熟知しながらも、それでも未来を信じて前向きに生きていく。そんな登場人物たちの姿勢にこそ、それに触れた者の中にもポジティブな何かを宿す、真の希望が輝くだろう。真の希望とは、ハッピーだけでできているものではない。ハッピーとサッドの両方でできている。

本書は、そのことを教えてくれるのだ。エピローグはナオトにとっての青春の終わりと、新たな（真の）人生の始まりが重ね合わされていた。そこで彼の内側に重ね合わされているのは、ハッピーとサッド、ポジティブとネガティブの感情だ。そうした両極の感情が一人の内側に五分と五分で拮抗《きっこう》する時、その感情は別の言葉で表現されることがある。その言葉とは――せつない。

エピローグを読み終えたならば必ず、冒頭の二ページを読み返してみてほしい。文中の時制のズレに気が付いた時、せつなさが胸の内に爆発することだろう。希望とは何か、どこにあるのか？　世知辛い現実に浸《つ》かってわからなくなってしまった時は、本書を読み返したい。幸せは悲しみと共存できる。そのことを思い出させてくれるから。

（よしだ・だいすけ　書評家）

本書は、二〇一八年一月、書き下ろし単行本として朝日新聞出版より
刊行されました。

ＪＡＳＲＡＣ　出　二三〇三八七三‐三〇一

友井羊の本

スイーツレシピで謎解きを
推理が言えない少女と保健室の眠り姫

高校生の菓奈は人前で喋るのが苦手。だって、言葉がうまく言えない「吃音」があるから。ある日、同級生が作ったチョコが紛失して……。隠し味満載の、スイートな連作ミステリー。

集英社文庫

友井羊の本

放課後レシピで謎解きを

うつむきがちな探偵と駆け抜ける少女の秘密

猪突猛進の夏希と人見知りの結。正反対の二人は調理部で一緒にパンを焼くことに。けれど、なぜかうまく膨らまなくて……。少女たちの友情がきらめく、極上の料理×青春ミステリー。

集英社文庫

集英社文庫　目録（日本文学）

集英社文庫

映画化決定《えいがかけってい》

2023年7月30日　第1刷　　定価はカバーに表示してあります。

著者　友井《ともい》　羊《ひつじ》

発行者　樋口尚也

発行所　株式会社　集英社

東京都千代田区一ツ橋2-5-10　〒101-8050

電話　【編集部】03-3230-6095

【読者係】03-3230-6080

【販売部】03-3230-6393（書店専用）

印刷　中央精版印刷株式会社　株式会社美松堂

製本　中央精版印刷株式会社

フォーマットデザイン　アリヤマデザインストア　　マークデザイン　居山浩二

ISBN978-4-08-744549-7 C0193